나에게는 다정하게, 세상에는 단호하게

나에게는 다정하게,
세상에는 단호하게

이정숙 지음

지금까지의 '나다움'과 이별하기

오랜 직장 생활에 익숙해서일까. 화려한 파티에 초대받아도 최대한 튀지 않는 차림으로 참석하려 애쓰곤 했다. 하지만 그날은 그러고 싶지 않았다. '내가 왜? 난 이제 자유롭잖아?' 이런저런 망설임을 겨우 물리친 후에야 용기를 낼 수 있었다. 늘 입던 스타일보다 목이 좀 더 파이고 밝은 색상의 반짝이 원피스에다 눈에 띄는 액세서리를 착용했다. 어색한 느낌을 다독이려 화장도 더 공들여 하고 파티가 열리는 곳에 갔다. 지인들은 나를 보자마자 "와! 멋지네요" 하며 칭찬해 주었다.

다만 절친인 혜영 혼자 "어머, 웬일이야? 너답지 않게?"라고 놀라며 물었다. 순간 정신이 번쩍 들었다. '응? 대체 뭐가 나다운 거지?’ 오랜 친구마저 이 정도의 옷에 나답지 않다고 생각할 만큼 내가 항상 모범생 차림이었나 놀라울 뿐이었다.

물론 나는 혜영의 따뜻한 심성을 잘 알고 있었다. 나와 자신을 동일시하여 어디까지나 내 편에서 그렇게 말했을 것이다. 그러면서도 난데없이 그녀에게 한 방 얻어맞은 듯한 기분이었다.

그날부터 나는 ‘나다움’에 대해 깊이 생각하기 시작했다. 생각이 깊어질수록 남들이 아는 ‘나다움’과 내가 생각하는 ‘나다움’의 괴리가 매우 크다는 것을 알 수 있었다.

어려서부터 수없이 들어온 말들도 떠올랐다. “언니니까 언니답게 행동해야지”, “여자가 여자다워야 하지 않겠어?”, “그건 장녀답지 못한 짓이야” 같은 말에 얼마나 충실하게 나 자신을 맞춰왔는지. 어떤 단단한 상자에 갇힌 듯 답답해하며, 남들이 만든 ‘내 모습’에서 벗어날 생각 한번 못 해보고 지금껏 살아왔던 것 같았다.

물론 이 말을 믿지 못하겠다는 지인들이 있을지도 모르겠다. 내가 같은 또래의 여성들에 비해 남의 눈치 안 보며 했던 일들이 꽤 있어서다. 예를 들어 내 아들 나이의 사람들과 일주일에 두 번, 각각 두 시간씩 영어로 수다 떠는 모임에 참여하는 것을 누군가는 용감하다고 말할 것이다. ‘스스로 생각하기에 최근 잘한 일’을 주제로 이야기를 나누는 시간이 있었다. 나는 “지하철 경로석에 외국에서 온 듯한 젊은 여행객들이 앉아 있으면 저는 영어로 '거기는 당신들이 앉을 자리가 아니에요. 경로석 표시를 봐주세요'라고 안내하고 자리를 옮기게 했습니다" 같은 경험을 발표했고, 회원들에게 "정말 용감하신걸요! 멋있어요"라는 칭찬을 들었다. 이러다 보니 내가 남 눈치 안 보고 돌진하는 용감한 사람으로 비칠 수도 있을 것이다.

그러나 정작 나 자신을 위해서는 그런 용기를 내본 적이 없었다. 사회문화적 잣대와 의무가 뼛속까지 새겨져 있어 그 한계를 뛰어넘겠다는 생각은 해본 적조차 없었던 것이다. 화려한 드레스로 파티에 참석해 본 것이 그날이 처음이었을 정도니 말이다.

나다움의 정의를 다시 세워야겠다고 다짐했을 때 역사적으로 유명한 이들도 남이 만들어준 나다움보다 자신의 의지로 만든 나다움을 지키라고 말해 왔음을 알았다. 20세기 초, 마하트마 간디는 "다른 사람들의 비난에 대해 걱정하지 마십시오. 자신의 가치를 인정하고 자신의 길을 걷는 것이 중요합니다"라고 했다. 그보다 300년 전 사람인 윌리엄 셰익스피어도 "당신은 당신 삶의 주인공입니다. 다른 사람들의 의견에 휩쓸리지 마십시오. 자기 내면의 목소리를 듣고 그것을 따르십시오"라고 했음이 새삼 기억났다.

그래서 결심했다. 이제부터는 타의로 만들어진 나다움을 버리고, 내가 생각하는 나다움을 찾겠다고. 배우가 작품마다 전혀 다른 캐릭터로 자신을 만드는 것처럼 나 자신을 완전히 다른 사람으로 리셋 할 수는 없겠지만, 오랫동안 남들이 만들어 준 나다움을 조금이라도 수정해 보고 싶어졌다.

나도 안다, 사람은 쉽게 변하지 않는다는 것을. 그리고 여태 나답다고 믿어온 내 태도들을 완전히 바꾸려는 것도 아니다. 어떤 것은 나의 소중한 정체성이 되기도 했으니 말이다. 다만, 타인에 의해 정의된 나다움 중에서 내가 받아들이기 싫은데도 굳이 따라야 했던 모습에서 벗어나면 내 삶이 어떻게 변할지 궁금해졌다.

익숙한 행동에서 벗어나는 것이 민망하거나 쑥스러우면 공간을 바꿔서 해보는 것도 좋을 것 같았다. 다행히 나는 여행을 좋아하니까 여행지에서 조금씩 실행해 보면 수월할 것 같았다. 살아보니 세상만사 한 끗 차이밖에 안 되었다. 억울하거나 답답한 상황에서, 또는 수십 년 해온 삶의 방식에서 한 끗 차이만 만들어내겠다는 계획이었다.

바꿔보니 꽤 좋았다. 약간만 바꿔보아도 그 전에는 불쑥불쑥 치고 올라오던 억울함이 제법 수그러들었다. 처음에는 '사람은 절대 안 변해'와 '사람은 언제든지 변할 수 있어' 사이에서 우왕좌왕했는데, 욕심을 버리고 하나하나 실행해 보니 태도를 조금만 바꿔도 삶의 질이 많이 달라진다는 것을 체감할 수 있었다.

또 하나 중요한 것은 내가 지금까지 고수해 온 나의 모습과 다르게 행동했는데도 지인들 대부분이 거의 눈치를 못 챘다는 것이다. “웬일이야? 네가 그런 걸 다 하고?” 같은 말이 고작이었다. 내가 신경 쓰는 만큼 남들이 내 행동을 세밀하게 들여다보지 않는다는 것까지 확인할 수 있었다.

이런 경험이 너무나 소중해서 나처럼 윗사람(또는 관습, 제도)의 억압, 또래나 아랫사람의 선입견을 견디며 ‘지금까지의 나다움을 미덕으로 알고 억지로 참으면서 괴롭게 살아가는’ 이들과 이야기를 나누고 싶었다. 규범에 벗어나지 않고 민폐도 끼치지 않으면서, 과거의 나답지 않게 행동하는 방법을 전하려고 한다. 그것이 오히려 나 자신과 타인에게 너그러워질 수 있는 방법임을 일깨우는 작은 불씨가 되기를 소망하면서.

2025년 3월

이정숙

차례

2장 관계에는 건강한 경계가 필요해

3장 기꺼이, 부드럽게 변화를 껴안기

4장 세상의 기준에 무작정 따르지 않기

5장 어제보다 더 빛나는 오늘을

1장

나를 삶의 중심에 둔다는 것

자동 희생 모드는 이제 그만

파도에 내려앉은 햇살이 줄지어 떠다니는 어린 물고기들의 비늘처럼 아름답게 반짝이는 날이었다. 아스라한 수평선은 살짝 그어놓은 선처럼 부드러워 보여서, 마치 그 너머에 환상의 세계가 펼쳐지고 있을 것 같았다. 드라이브만으로는 아까워서 한적한 해변에서 하루 종일 멍때리고 싶은, 그야말로 유리알보다 투명한 날씨였다. 게다가 그곳은 제주도였다.

늦잠으로 호텔 조식 시간을 놓친 후, 점심을 예약한 레스토랑으로 가던 중이었다. 제주에 사는 지인이 소개한 유명 맛집은 골목 깊은 곳에 있었다. 골목 운전에 익숙하지 않은 편이라 조심조심 천천히 운전하는 중이었는데, 반대편에서 제법 큰 승용차가 오고 있었다. 좁은 골목에서 마주한 순간, 상대는 비켜 줄 의지가 전혀 없어 보였고, 항상 그랬듯이 내가 먼저 자발적으로 후진을 시작했다.

그 순간 내 차에서 별안간 "쿵" 하는 소리가 났다. "아니, 왜 또?" 상대에게 더 넓은 공간을 내주려고 내 차를 담벼락에 바짝 붙인 탓이었다. 남이 지날 공간을 확보하는 데만 몰두하다가 내 차 옆구리가 담벼락에 부딪힌 줄도 몰랐다. 세상에, 왕창 긁히기도 했다.

내가 넉넉하게 내준 길로 상대는 고맙다거나 괜찮으냐는 말 한마디 없이 유유히 사라졌다. 이런 일이 처음이 아니었다는 게 더 답답할 노릇이었다. 낯선 동네라서 운전하기 어려웠던 점도 있었겠지만, 무의식적으로도 넘치도록 양보하려 드는 내 태도가 종종 이런 사고를 불러왔다는 생각에 화가 났다. 매번 적당히 넘겨버렸던 것도 떠올랐다.

그 사고 이후로, 이제는 제발 불필요한 희생을 자초하는 사고방식에서 벗어나야겠다고 진심으로 바랐다. 아름다운 제주 해변에서 제대로 여유를 만끽하고 싶었던 내 마음은 차 사고로 인해 비가 추적추적 내리는 폐공장 사이를 헤매는 것보다 더 우울하고 칙칙했다. 화산 폭발 후 흘러내리는 마그마처럼, 억울했던 내 기억들도 줄지어 튀어나왔다.

'왜 난 항상 나를 중심에 두지 않는 걸까?' '왜 남은 챙기면서 나를 챙길 생각은 하지 않지?' 수많은 자기반성이 이어졌다.

내가 어렸을 때, 부모님은 늘 '나보다 남을 먼저 챙겨야 한다'고 가르치셨다. 게다가 나는 장녀이기에 더욱 그래야 한다는 무언의 압박도 받았다. 어머니가 젊은 나이에 돌아가신 후, 나보다 어린 동생들을 뒷바라지하는 일은 곧 내 일이 되었다.

나는 그림 그리기를 좋아해서 새로운 그림 도구에 가장 욕심을 많이 냈다. 하지만 친척들이 예쁜 크레파스 같은 걸 선물하면 으레 자기에게 달라고 떼쓰는 동생에게 양보해야 했다. "큰언니가 양보해야지. 너는 이 집 장녀잖아?"라는 어머니 말씀에 순종하도록 길들여져 있었다. 누군가 맛있는 음식을 가져오면 동생들 먼저 나눠 준 다음, 남으면 먹고 안 남으면 그런가 보다 하는 것이 나다운 모습이라고 생각하며 살았다.

이런 양보가 몸에 배었기 때문이었을까? 직장에 다니던 시절, 당시의 지방 방송국은 아나운서도 새 프로그램 제작에 참여했다. 그럴 때 내가 아이디어를 내면 나도 모르는 사이에 어떤 남자 선배가 내 아이디어를 약간 수정해서 제출해 공을 가로채는 일도 있었다. 분하고 억울했지만, 그냥 조용히 넘어가는 쪽을 택하곤 했다. 당시에는 회사에 아이 있는 기혼 여성이 드물었던 터라 튀면 안 될 것 같아서였다. 어느덧 가정과 직장 모두에서 비자발적인 양보가 몸에 배어 있었다.

가끔은 막연하게나마 억울한 감정이 치고 올라왔다. 내가 내키지 않는 쪽으로 무언가가 나를 이끌었음이 분명했다. '도대체 내가 원하지도 않은 나다움의 카테고리는 누가 만든 거지?' 남들이 만든 '나라는 틀'의 속박에서 벗어나야겠다는 생각이 들자 비로소 냉정하게 따져볼 수 있었다.

그때까지 나다움을 만든 것은, 내 의지라기보다는 가정과 학교, 사회 같은 조직이나 전통, 우리 집안의 형편 등이었을 것이다. 이렇게 만들어진 나다움이 내 주위 사람들이 생각하는 만큼 남들이나 나에게 유용했을까?

결론은 '꼭 그런 것만은 아니다'였다. 도움이 되지 않을 바에는 더 늦기 전에 나다움의 틀을 깨고 나를 억울하게 만드는 것들을 걷어내야 할 것 같았다. 나다움에 내 취향과 의지를 반영할 때가 되었다는 생각이 들었다.

사회생활에서 은퇴하고 이전보다는 여유로워지자 나에게 꼭 필요한 것은 '나다움의 재정립'이라는 생각이 확고해졌다. 오히려 나를 가두고 억압하는 것인데도 그런 게 나다운 거라며 고수해 온 태도들을 버리고, 내 마음이 이끄는 대로 새로운 나를 만들기로 한 것이다.

이제는 좁은 도로에서 다른 자동차와 마주쳤을 때 시간이 좀 걸리더라도 내 차 옆에 안전지대가 있는지부터 확인하고 비켜주기로 했다. 물론 처음부터 생각처럼 곧바로 실천한 것은 아니었다. 머리보다 몸이 먼저 움직일 정도였는데, 그럴 때마다 '아차, 내가 또 예전처럼 행동했네' 하며 반성했다.

그러다 보니 일상에서 나를 덜 희생시키는 여유가 조금씩 생겼다. 그래 봤자 남들에게 욕 먹을 정도로 이기적이지도 못해서 이전의 나와 전혀 다른 내가 될 가능성은 낮았다. 당분간은 스스로 억울해하지 않을 정도로만 이기적으로 행동하겠다고 결심했다.

나처럼 자기희생이 몸에 밴 사람은 습관적으로 희생 먼저 하고 돌아서서 후회하곤 한다. 원하지 않으면서도 자발적으로 희생하는 이유는 가족이나 친척, 동네나 국가 같은 '우리'를 우선으로 하고 개인의 희생을 숭고하게 여겨온 습관 때문일 것이다. 서로 돕지 않으면 살아갈 수 없었던 농업사회에서는 이런 습관이 가장 우선시되는 미덕이었다. 그러나 개인의 삶을 중시하는 현대 사회에서는 자기도 모르게 희생양이 되고 나면 억울하고 분해서 다른 일마저 감정을 앞세워 그르치기 쉽다.

뼛속 깊이 새겨진 사고방식을 의도적으로 바꾸기는 어렵다고들 하지만, 노력하면 안 될 것도 없지 않을까? 내 의지에 조금씩 더 집중한다면, 자발적 희생 모드를 조절할 수 있는 능력도 기를 수 있으리라 믿는다.

나부터 나를 귀한 손님처럼 대접하겠다

요즘에는 예전과 많이 달라지긴 했다. 혼밥, 혼술 이미지 말이다. MZ세대 생활방식에 맞춰 혼밥이나 혼술을 할 수 있는 가게가 늘어나기도 했다. 그러나 중년 이상, 특히 여성의 경우는 어쩌다 혼밥을 하다 보면 여전히 불편한 시선을 받는 일이 종종 생긴다. '도대체 무슨 사연이 있기에 혼자 식당에 왔을까?'부터 '참 안됐네. 같이 밥 먹어줄 사람 하나 없다니 말야' 같은 표정을 주저 없이 드러내는 사람들이 아직도 있다.

얼마 전 고위공직에서 막 퇴직한 지인 S에게 들은 이야기다. 그녀가 은퇴 후 서울 외곽으로 이사하고 짐을 정리할 때였다. 인테리어 공사가 안 끝난 탓에 모든 짐을 주방과 거실에 모아

두어 당분간 밥을 해 먹을 수 없었다. 가족들은 모두 일하러 나가고, 모처럼 몸 쓰는 일을 많이 한 탓인지 S는 갑자기 배가 고팠단다. 시계를 보니 딱 점심시간이었다. 그간 인스턴트 음식을 꽤 먹어 한식이 새삼 그리운 참이었다.

해외 경험이 많아 혼밥이 낯설지 않은 그녀는 밥을 먹으려고 근처 한식당에 갔다. 그날따라 식당에는 손님이 가득했고, 어쩌다 보니 그녀 혼자 4인석을 차지하게 되었다. 붐비는 시간이었지만 그 자리 외에도 빈자리가 제법 있었다. 그런데도 식당 주인은 불편한 마음을 행동으로 드러냈다. 그릇을 거칠게 옮기다가 절인 무 하나가 튕겨나갔는데 사과조차 하지 않았다. 이제까지 그런 대접을 받아본 적 없었기에 다소 충격을 받았지만, 그녀 역시 사회적 눈치가 발달한 사람이라 꾹 참고 밥을 먹었다. 어찌나 불편했던지 결국 급체했지만 말이다.

그녀보다 덜 용감한 나는 혼자 밥을 먹어야 할 때면 차라리 배달 음식으로 때우곤 했다. 그녀의 이야기를 들은 후에는 외식으로 혼밥 하기가 왠지 더 싫어졌다. 그러다 문득 남 눈치 보는 혼밥도, 배달 음식도 나를 존중하는 방식이 아닌 것 같았다. 그래서 배달 음식을 먹더라도 이제는 나 스스로를 귀한 손님 대하듯 잘 차려서 먹기로 했다. 하지만 막상 그렇게 하려니 조금 어색하기도 하고 어떻게 하는 게 좋을지 약간 막막하기도 했다.

곰곰 생각해 보니 혼자 집에 있을 때는 옷도 대충, 밥도 대충, 화장도 대충인 생활 패턴이 굳어져 스스로를 아무렇게나 대해도 되는 사람으로 방치했던 것 같았다. 사실 우리 세대 여자들은 남을 대접하는 것에는 익숙하지만 자신을 대접한다는 개념은 없었던 것 같다. 왠지 이기적이고 자기만 생각하는 것 같아서다. 그러다 보니 집에서의 혼밥은 남은 음식으로 대충 때우는 것이 고작이었다.

우리의 어머니 세대는 더 그랬다. 예쁜 그릇을 구입해서 손님 접대용이라며 장식장에 모셔두고 자신은 물론 가족에게도 사용하지 않는 집이 많았다. 우리 어머니도 그러셨는데, 우리가 좀 써보려고 꺼내면 어느새 달려와 그건 손님용이라고 못 박으면서 다시 넣어두게 하셨다.

어린 나는 '손님이 자주 오지도 않는데 도대체 언제 쓰려고 모아두시나' 하고 의아하게 생각했다. 하지만 보는 대로 닮는다고 했던가. 놀랍게도 나도 모르게 어머니의 태도를 답습하고 있었다. 나 역시 종종 예쁜 찻잔 같은 것을 사서는 언젠가 올 손님을 위해 고이 모셔두곤 했다. 요즘에는 집으로 손님을 초대하지 않아 그럴 필요가 없는데도 내가 어머니 흉내를 내고 있는 것을 발견하고는 기가 막혔다.

스스로를 손님처럼 대접하기로 결심하고 얼마 지나지 않은 어느 날 오후, 배달 앱으로 샐러드를 주문했다. 아껴둔 접시를 꺼내 플레이팅을 하면서, 이러는 게 처음이 아닌가 감개무량해 하며 남에게 대접받는 게 아닌데도 극진히 대접받는 기분이 들었다. 이전에는 비닐 포장을 벗기고 플라스틱 용기째로 음식을 먹었던 기억이 뇌리를 스쳤다. 가족이나 손님에게는 음식을 배달시켰을 때도 가급적 좋은 그릇에 담아내곤 했는데 말이다. 그 안에는 나 자신이 포함되어 있지 않았던 거다.

그동안 스스로를 너무 홀대한 것 같아 문득 나 자신에게 미안했다. "내가 나를 대접하지 않는데 남들이 나를 깍듯이 대접할 거라고 기대할 수 있을까?"라는 누군가의 말이 떠올랐다. 여럿이 식사할 때 배달 음식을 접시에 옮겨 담으면 설거지감이 훨씬 많아지는데도, 가족이나 타인에게는 번거로워도 그렇게 해야 한다고 생각했다. 하지만 나를 위해서는 시도조차 안 했던 것이다.

7, 8년 전쯤 아프리카를 여행한 적이 있다. 그때 패키지여행에서 만난 룸메이트와 친해져 돌아와서도 종종 만나다가 한번은 의기투합해 영국 일주를 함께 했다. 그녀는 런던, 스코틀랜드, 더블린 등을 방문할 때마다 매번 지역 특징이 담긴 머그컵을 샀다. 이유를 물으니 집에 돌아와서 그 컵으로 커피를 마시며 여행지의 추억을 꺼내보는 것이 자기를 위한 호사라고 했다. 깨지기도 쉽고 무겁기까지 한 컵들을 굳이 여행지에서 사

야 하나 했다가, 나중에야 그녀가 옳았음을 깨달았다.

언젠가 읽었던 니체의 『도덕의 계보/이 사람을 보라』를 다시 꺼내보니 이런 말이 있었다. "자기 자신을 하찮은 사람으로 깎아내리지 마라. 그런 태도는 자신의 행동과 사고를 꽁꽁 옭아매게 한다. 무슨 일을 하더라도 자기 자신을 사랑하는 일부터 시작하라. 지금까지 살면서 아무것도 이루지 못했을지라도 자신을 항상 존귀한 인간으로 대하라." 나는 이 구절을 마음에 새겼다.

곧바로 실천에 옮겨보기로 했다. 늘어진 티셔츠나 낡은 면바지 같은 것들을 헌옷수거함에 내다놓았다. '나중에 잠옷 대신 입으면 되잖아' 하며 쌓아둔 옷들을 찾아보니 너무 많은 데다, 그중에서도 하나만 줄기차게 입어 다른 것들은 공간만 차지하고 있었다. 또다시 미련이 생길까 봐 모두 버린 후, 우아하고 편한 잠옷 한 벌을 새로 장만했다. 잠옷 하나 바꿨을 뿐인데 존중받는 기분이 들어서 잠자리에 들 때마다 기분이 좋아졌다.

자신을 존중하는 것에 생각이 쏠리자 나 자신을 객관적으로 관찰할 여유도 생겼다. 거울에 내 몸을 비춰 보니 어깨는 한쪽으로 기울고 등도 제법 굽어서 어깨가 좁아 보였다. 나이 들면 몸매가 '인생 이력서'라는 생각이 들었다. 어떻게 살아왔는지가 얼굴과 온몸으로 드러나는 나이가 되었으니 이제부터라도 몸 관리에 시간을 더 할애하기로 마음먹었다.

항상 바쁜 것 같은 일상이지만, 잡담이나 나누다가 헤어지는 모임이나 불필요한 전화통화, 소셜 미디어 사용 등을 조금씩만 줄여도 몸 관리에 쓸 시간이 충분할 것 같았다. '나를 위해 하루에 한두 시간 내는 게 그렇게 어려워?'라고 생각하며 아침에 한 시간씩 운동을 하기로 작정했다. 얼마 지나지 않아 만나는 사람마다 "어머, 예뻐지셨는걸요" 하며 칭찬했다. 비록 예의상 한 말일지도 모르지만, 반의 반 정도는 진실일 거라고 믿고 기뻐하기로 했다.

이참에 몸매도 가다듬으면 좋겠다 싶어서 댄스 강습도 다녀보았다. 기초적인 동작을 배우고 난 뒤, 지금은 집에서 운동 후 유튜브를 보면서 연습한다. 나 자신을 손님처럼 대접하려고 하니 나에게 투자하는 시간이 저절로 늘어났고, 그와 함께 점차 자존감이 높아지고 기분도 좋아지고 있다.

우리는 모두 빠듯한 살림을 꾸리느라 늘 분주하다. 그럼에도 나는 결코 자신을 뒷전에 두지 말라고 말하고 싶다. 잠시 짬을 내어 늘어진 티셔츠들은 버리기 바란다. 언젠가 사용하리라는 미련도 함께 내다 놓자. 자신을 위해 잠옷 한 벌쯤 산다고 해서 가정경제가 무너지지 않는다.

자녀 돌보랴, 집안 어른들 챙기랴, 돈도 시간도 쪼들리는 중년의 워킹 맘일지라도 끼니를 대강 때우는 것은 그만두기 바란다. 한 끼 식사가 대수로워 보이지 않지만, 내가 먹은 것이 곧

내 몸이 되고 정신이 된다. 진수성찬으로 차려 먹으라는 말이 결코 아니다. 배달 음식일지라도 허겁지겁 비닐만 벗기고 먹는 일은 제발 하지 않길 바란다.

가족들 돌보느라 시간이 부족해서 자신이 먹는 것을 소홀히 하면 불규칙한 식사 시간과 영양 때문에 언젠가는 건강을 잃고 더 심각한 어려움에 처할지도 모른다. 나도 모르는 사이에 자존감까지 위축될 수 있다. 나 자신을 손님처럼 깍듯이 대하면, 나뿐 아니라 가족들의 삶도 풍요로워진다는 사실을 꼭 전하고 싶다.

진정으로 원하면
이것저것 따지지 말고 해봐야지

아나운서로 일한 지 20년쯤 되어갈 무렵이었다. 40대 중반 워킹 맘으로 살기가 점점 더 어려워졌을 때, 두 아들을 데리고 홀연히 미국으로 떠났다. 떠나는 것이 만병통치약은 아니었지만 나 자신을 돌보기 위해서는 새로운 환경이 필요했다.

그때는 지금보다 40대 여성이 재취업할 수 있는 자리가 더 여의치 않았다. 아나운서로 20년 가까이 일했더라도 사정은 별반 차이가 없었다. 의사나 변호사 같은 전문직 종사자들도 결혼하면 남편이나 시부모에게 출산과 육아에 전념하라는 강요를 받는 경우가 많을 때였으니까. 그렇게 경력이 단절되면 "누가 아줌마를 고용하겠어?"라는 말도 공공연히 들었다. 그

때문에 나를 아끼는 직장 동료 중에는 실리를 따지라며 진지하게 조언해 주는 사람이 많았다.

"우리 회사가 얼마나 좋은 곳인 줄 알아? 안에서 푸대접 받아도 밖에 나가면 대접받는 회사인데, 아깝게 왜 그만둬. 게다가 지금 그만두면 누가 널 챙겨주겠어? 살림도 못한다는 사람이 전업주부 할 것도 아니잖아. 다시 생각해 봐."

진심으로 나를 위해준 고마운 사람들의 조언이었지만, 그때의 나는 나중을 생각할 겨를이 없었다. 일단 이 나라를 떠나야 숨을 쉴 수 있을 것 같았다. 올림픽이라는 국제 행사를 성공적으로 치르기 위해서라며 전 국가적으로 진행되던 '외국인이 보기에 창피하지 않은 사회 만들기'가 1990년대 중반까지도 이어지며 뉴스의 단골 소재가 되었다. 이때 청소년 범죄를 주요 사회문제와 관련지은 보도가 많았다. 특히 한부모 가정이나 조손 가정과 맞벌이 부부의 자녀들은 청소년 범죄의 주범으로 지목되었다. 엄마가 사회생활에 뛰어들지 말고 집에서 아이들을 잘 돌봐야 청소년 문제가 예방된다고들 말했다.

그런 내용의 뉴스를 거의 매일 내 입으로 전해야 했다. 마치 가스라이팅을 당한 것처럼 나 자신이 사회를 어지럽히는 사람이 된 양 죄책감을 느꼈고, 그로 인한 분노가 야금야금 쌓여 폭발 직전에까지 이르렀다. 급기야는 '워킹 맘이 당신네들 원수라도 돼? 우리 아이들은 멀쩡하게 잘 큰다고! 왜 당신들은 나

나 이 아이들을 잠재적 범죄자로 보는 거야? 워킹 맘이 그렇게 싫다니, 그러는 당신들은 나도 싫어!'라는 생각에 빠졌다. 딱 그런 기분이 폭발했을 때 회사를 그만두고 미국으로 떠나기로 했다.

우선 미시간주립대학교의 국제 전문가 과정에 지원해 입학 허가를 받았다. 문제는 두 아들이었다. 중 1과 중 2였고, 둘 다 사춘기가 시작될 무렵이었다. 나는 아이들을 딱 1년만 남편에게 맡기고 미국에 머물면서 내 미래를 설계하고 돌아올 작정이었다.

남편은 내가 회사를 그만두고 혼자 공부하러 가는 것도 마음에 안 드는데 아이들까지 맡으라고 하니 기가 막혔는지 대꾸조차 안 했다. 눈치 빠른 아이들이 엄마 따라 미국에 가서 공부하고 싶다고 졸랐다. 갈등 끝에 내가 아이들을 데리고 가는 것으로 결론지었다. 어쨌든 경제적인 문제를 해결해야 했기에 남편은 홀로 국내에 남을 수밖에 없었다.

미국에 한국인 유학생이 그리 많지 않던 1994년, 나는 더듬거리는 영어 실력으로 사춘기의 두 아들을 데리고 미국으로 떠났다. 체류를 위한 짐 가방은 각자 두 개씩이었다.

내가 입학할 곳은 연구자 자격이 주어진 사람들이 공부하는 국제 전문가 과정이어서 학생들에게는 학교 아파트가 배정되었다. 공짜는 아니지만 월세가 학교 주변 집들의 반값에 불과

했다. 대학은 매우 컸고, 학교 아파트 단지는 두 군데 있었다. 아파트는 교수와 교직원, 나처럼 해외에서 연구자로 온 외국인에게 제공되었다.

대학의 배려로 우리를 공항에서 맞이해 아파트까지 데려다준 알바생이 돌아가고 난 후 수돗물을 틀었더니 석회에 녹이 섞인 카페라테 색 물이 흘러나왔다. 비상시에 도움을 청하라던 알바생은 연락이 되지 않았다. 당장 아파트 관리 사무소로 가서 집을 바꿔달라고 해야 할 정도로 문제가 심각했다. 아이들은 내 얼굴만 바라보고 있었다.

나는 더듬거리는 영어로 묻고 물어서 아파트 단지 밖에 있는 관리 사무소로 달려갔다. 학교가 어찌나 큰지 걸어서 30분 정도 걸렸다. 손짓과 발짓, 그리고 필담까지 다 동원해 전후 사정을 이야기했더니 집을 바꾸려면 일주일 이상 기다려야 하고 문제가 해결될 때까지는 거기 살아야 한다고 했다. 오늘은 일과가 끝났으니 내일 기술자를 보내 일단 배수관을 점검해 보겠다는 것이었다. 그때까지만 해도 나는 미국의 담당자들은 소송 당할 위험을 피하기 위해 절대 명확한 답변을 주지 않는다는 것을 알지 못했다. 카페라테 색 물로 어떻게 버티나 싶어 난감했다.

관리 사무소 직원은 내가 안쓰러워 보였던지 일단 가지고 있는 생수를 나누어 주겠다고 했다. 겨우 식수로 사용할 만한 양이었다.

그곳은 대학 인구 1만 명가량에 주민도 그 정도 되는 아주 작은 동네였다. 일상용품을 사려면 도시 외곽의 대형 슈퍼마켓을 이용해야 했는데, 승용차 없이는 슈퍼마켓조차 갈 수 없었다. 만약 수도관을 고치기 어렵다고 하면 이사할 집부터 구해야 했다.

마냥 죽으라는 법은 없다더니, 다음 날 다행히 관리 사무소에서 수도관을 고쳐주었다. 한국인 딜러를 소개받아 중고차도 구입했다. 아이들 학교는 대학 관계자의 자녀들이 많이 다니는 공립학교였는데, 외국인 연구자 자녀를 많이 접해본 선생님들이 척척 알아서 입학을 처리해 주었다. 나도 학교에 가서 새로운 사람들을 만났고, 한국 식료품점을 알아냈으며, 그 동네에 사는 데 필요한 정보들을 얻었다.

두어 달 지나니 그곳 생활에 어느 정도 적응이 되었다. 숨통이 트이고 나니 슬슬 아이들의 장래가 걱정되기 시작했다. 일부러 유학을 시키려고 한 게 아니라 내 공부 때문에 데려온 거라서 별다른 계획이 없었던 터였다. 나를 미국에까지 오게 만든 뉴스들이 떠올라 보란 듯 잘 키워야겠다는 오기가 생겼다.

아이들이 다니고 있던 학교는 일반 공립학교였는데 시내 외곽에 가면 오키모스라는 곳에 미국에서도 손꼽히는 우수한 공립학교가 있다는 걸 그 무렵 알게 되었다. 그 동네 부호들이 거금을 기부해 최고급 사립학교에 버금갈 공립학교를 짓고 주정

부에서도 우수한 교사진을 배치했다는 것이었다.

미국도 공립학교는 우리나라처럼 학군제여서 아이들을 전학시키려면 반드시 이사를 해야 했다. 대학 아파트에 비해 월세가 두 배 이상 비쌌지만 나는 퇴직금만 믿고 당장 이사 갈 집을 알아보았다. 다행히 집은 생각보다 빨리 구해졌다. 당시 그곳에는 이삿짐센터가 없어서 트럭을 빌려 모든 이삿짐을 직접 날라야 했다.

우리 동네는 중국의 만주와 위도가 같아 몹시 추웠고 눈도 많이 왔다. 오키모스로 이사하던 날에도 눈이 많이 내렸다. 아이들을 태우고 이삿짐을 실은 커다란 트럭을 눈길에 이리저리 밀리며 운전하면서도 내가 뭔가 잘하고 있는 것 같아서 뿌듯했다.

이날 아이들은 어떤 어려움이 닥쳐도 엄마는 반드시 해결하는 사람이라는 믿음이 생겼다고 했다. 자식은 부모의 말대로 크는 것이 아니라 보는 대로 큰다더니, 나는 그저 내 일을 잘 처리했을 뿐인데 아이들을 교육하는 큰 혜택까지 얻었다.

아이들은 전학 간 학교를 좋아했고, 몇 안 되는 아시아 학생으로 인기도 얻으면서 적응을 잘했다. 미국의 중고등학교에는 담임 교사가 없고 카운슬러가 담임 역할을 하는데, 한 명의 교사가 학생의 입학부터 졸업까지 관리한다. 교내에서 학생에게 문제가 생기면 학부모를 만나 해결하는 등 담임 역할도 한다.

우리 아이들에게는 쉽스 씨가 카운슬러로 정해졌다.

나는 영어가 서툰 아이들이 걱정되어 거의 매주 쉽스 씨의 방에 녹차를 들고 찾아갔다. 우리는 차를 마시면서 아이들에 관한 이야기뿐만 아니라 한국과 미국의 문화 차이 같은 것을 이야기하며 점점 친구가 되어갔다. 쉽스 씨는 우리 아이들의 수업 태도 모니터링 리포트를 가지고 과목별로 어떻게 하고 있는지 자세히 알려주었다. 덕분에 아이들이 좋아하는 과목과 싫어하는 과목을 파악할 수 있었다.

교장 선생님은 란제타 박사였는데, 아이들이 학교 축제에서 태권도 시범을 보여주어 교내에 널리 알려진 후 복도에서 마주치면 농담을 주고받을 정도로 친하게 지냈다. 이런 경험으로 아이들은 처음 보는 외국인에게도 서먹해하지 않고 언제든 편안하게 다가가 대화할 수 있게 되었다.

미국살이에 익숙해지는 동안, 미국은 많은 기업에서 커뮤니케이션 방법을 세분화해서 대학에 위탁 교육을 맡긴다는 사실을 알게 되었다. 그 순간 내가 앞으로 해야 할 일을 찾은 것 같았다. 1년을 계획하고 간 미국살이가 커뮤니케이션 이론과 훈련법을 제대로 배우고 익히기 위해 4년을 넘겼다. 강의를 열심히 듣고 세미나에 참석해 모은 자료들을 바탕으로 우리도 커뮤니케이션 방법을 배워야 한다는 내용의 책을 집필했다. 그렇게 탄생된 책 『준비된 말이 성공을 부른다』는 출간 직후 베스트셀러가 되었다.

감사하게도 그 책 덕분에 계속 후속작을 내놓으며 국내 1호 커뮤니케이션 컨설턴트로 활동할 수 있었다. 남북 정상회담을 비롯해서 기업체 CEO와 임직원 들의 국내외 협상 및 스피치 훈련을 도맡는 등 새로운 분야도 개척할 수 있었다. 그 이후 우리 사회에 말하기도 배워야 한다는 인식이 널리 퍼져 많은 사람들이 이 분야에서 일할 수 있게 되었음에 자부심도 느낀다. 내가 미국으로 떠날 때 세웠던 목표 이상의 성과를 거둔 셈이다.

미국 체류 기간 동안 크고 작은 문제가 있긴 했지만 생활은 비교적 순조로웠다. 그러나 인생은 제로섬 게임이라고 했던가. 하나를 얻었더니 그 크기와 견줄 만한 큰 것 하나를 잃고 말았다. 가정이 붕괴된 것이었다. 4년이나 남편을 홀로 남겨두니 결혼생활에 균열이 생겼고, 우리는 제때 그 균열을 메우지 못했다. 결국 우리는 각자의 자리를 찾기로 했다.

그 후로 나는 더 고립되었다. 당시 우리 사회는 이혼을 곱게 보지 않은 데다, 공부한답시고 남편을 혼자 두고 애들만 데리고 외국으로 떠난 여자는 매우 '건방진', '비난받아 마땅한' 존재로 여겨졌다. 나는 이혼으로 쏟아지는 온갖 비난을 감수하며 트렁크 두 개만 들고 집을 나왔다. 원고 집필 계약금으로 보증금 없는 월세 원룸으로 이사했다.

빈털터리가 되었지만 나는 아이들의 양육권만은 포기하지 않았다. 사춘기부터 길러진 가족 부양의 책임감이 갑옷처럼 나를 감싸고 있어서, 외국살이에 익숙해진 두 아들을 귀국시키지 않고 유학생활을 이어가게 했다. 말 그대로 '싱글 맘'이 된 나는 아이들 학비를 마련하기 위해 책을 쓰고 강연을 하느라 외로움을 느낄 겨를이 없었다.

만약 그 시절로 되돌아간다 해도 똑같은 결정을 내릴 것이다. 나는 누구에게나 간절히 원하면 이것저것 따지지 말고 결단을 내리라고 강추한다. 결과가 좋지 않아도 거기에 좌우되지만 않는다면 반드시 새로운 길이 열릴 거라고 말한다.

사표를 내고 미국으로 건너갔을 때는 내 앞에 어떤 세상이 펼쳐질지 막연하기만 했다. 그런데도 이것저것 따지지 않고 무모할 만큼 용감하게 달렸더니 한참 후에 저절로 길이 나타났다. 그리고 그 모든 것을 겪는 동안 세상 보는 눈이 넓어지고 상처에 대한 회복탄력성도 생겼다. 감당 못 할 것 같던 일들을 감당할 자신감도 생겼다. 그래서 당시의 나와 비슷한 고민을 안고 사는 이들에게는 이것저것 따지기 전에 무모하다 싶어도 일단 용기를 내보라고 자신 있게 권할 수 있다.

내 몸은 쓰레기통이 아니다

미국에서의 체류 기간이 길어지면서 유학생을 포함해 몇몇 교민들과 자연스럽게 친분이 생겼을 때였다. 그중에 한 의사 부부가 있었는데, 부인인 L은 유학생 부부와 교민 여성 들 중에서 서로 결이 맞는 몇 명과 모임을 갖고 있었다. 어느 날 나는 그녀의 초대로 모임에 나가게 되었다.

캐주얼한 점심 모임이라 서로 그간 있었던 일을 이야기하던 중 박사과정 남편을 둔 H가 체중이 너무 늘어 고민이라며 투덜댔다. 초등학생인 아이들이 음식을 곧잘 남겨서 그걸 처리하다가 이렇게 된 것 같다면서 허탈하게 웃었다. 그 말을 듣던 L이 영어로 빠르게 쏘아댔다.

"당신 몸이 쓰레기통은 아니잖아. 왜 자기 몸에다가 잔반 처리를 해? 그 음식 당신 몸에 들어가봤자 콜레스테롤이나 활성산소 같은 해로운 물질만 만들 테니 쓰레기나 마찬가지야. 아니 쓰레기보다 더 나쁘지. 안 그래? 남긴 음식은 귀한 당신 몸에 버리지 말고 쓰레기통에 버리는 게 낫지 않을까?"

순간 난 정신이 번쩍 들었다. 나 역시 애들이 남긴 음식을 아무 생각 없이 먹고 있었기 때문이다. 그때까지 어떤 음식이 내 몸에 이롭고 해로운지 생각조차 해보지 않았다는 생각이 들었다. 유심히 살펴보니 L은 60대였는데 40대라고 해도 믿을 정도로 건강하고 아름다운 몸매를 가지고 있었다. 새삼 부러웠다.

L은 자신이 몸매와 건강을 어떻게 관리하고 있는지도 설명했다. 설탕이나 탄수화물은 절대 과하게 먹지 않으며, 손님 접대를 위해 준비했다가 음식이 남는 경우에는 미련 없이 처리한다고 했다.

그날 나는 L 덕분에 건강을 관리하는 게 중요하다는 사실을 조금 더 절실하게 깨달을 수 있었다. 관심사가 달라지면 보이는 것도 달라지는 법이다. 대학 캠퍼스 안에는 물론, 대형 쇼핑몰이나 슈퍼마켓 할 것 없이 곳곳에 크고 작은 피트니스 센터가 있다는 것이 점차 내 눈에 들어왔고, 그곳에 사람들이 꽉꽉 차 있다는 것도 알게 되었다.

곧바로 피트니스 센터에 등록하고 매일 열심히 다녔다. 운동

후에는 몸이 가벼워지는 것을 그때 처음 느꼈다. 어릴 때부터 많이 허약한 편이어서 아무도 나에게 운동하라고 권하지 않았기에, 이전에는 운동이라는 걸 해본 적이 없었다. 심지어 학창 시절에는 체육 시간에 빈혈로 쓰러진 적이 한 번 있다고 '운동시키면 안 되는 애'가 되고 말았다. 선생님마다 "너는 교실에 남아서 짐 지켜라"라고 할 정도였다.

미국으로 떠나기 전, 회사를 퇴직하며 극심한 스트레스에 시달리느라 부풀어 오르듯 증가했던 내 체중이 서서히 줄어들기 시작했다. 늘 달고 다니던 감기도 슬그머니 자취를 감추어 건강이 많이 좋아진 것을 느낄 수 있었다.

미국에서의 체류가 4년을 넘어갈 무렵, 한국으로 돌아가야 할 상황이 닥쳐왔다. 이제는 함께 귀국해야 한다고 아이들에게 말하자 미국 오기 전에 학교에서 오랫동안 동급생들의 폭력에 시달렸던 한 아이가 절대로 그런 일을 또 당하고 싶지 않다며 계속 미국에서 공부하게 해달라고 애원했다. 그 사이 내 퇴직금도 거의 다 써버려서 당장 돈을 벌지 않으면 아이들을 미국에 머물게 해줄 수 없는 상황이었다.

결국 나는 해결책을 찾아볼 생각으로 혼자 귀국하기로 결심했다. 미국 법에 의하면 보호자 없이 아이들만 체류할 수는 없었으므로 믿을 만한 사람을 찾아 보호자가 되어달라고 부탁했다.

귀국하자마자 그동안 모아둔 대화 관련 자료들을 정리해 원고를 집필해서 여러 출판사에 보냈다. 『준비된 말이 성공을 부른다』는 운 좋게도 베스트셀러가 되었지만 그 과정은 결코 호락호락하지 않았다. 영어 공부 열풍이 회오리바람처럼 불어닥치던 때라 다들 내 책의 주제에 대한 관심이 크지 않았다. 마땅한 출판사를 찾아 동분서주한 끝에 마침내 한 출판사와 계약할 수 있었다.

하늘이 도왔는지 순식간에 수십만 권이 판매되었고 여러 출판사에서 다음 원고를 달라고 요청했다. 아이들이 대학 입시를 앞두고 있어 나에게는 돈이 많이 필요했다. 그러다 보니 어느덧 나는 말 그대로 '생계형 작가'가 되어 있었다. 출간 제안이 들어오는 대로 계약했고, 계약금으로 아이들이 계속 공부할 수 있게 했다.

그러는 동안 내 몸의 관리는 완전히 뒷전으로 밀리고 말았다. 책 판매와 함께 강연 요청도 늘어났다. 내비게이션이 비쌌던 때였고, 돈을 버는 대로 아이들에게 보내고 있어서 나에게는 여유가 없었다. 종이지도를 보며 혼자 운전해서 안동에서 경주로, 다시 부산으로 하루 서너 차례 전국을 돌며 강연하는 나날이 이어졌다.

덕분에 경제적인 문제는 많이 해결되었지만 내 건강은 전혀 돌볼 수가 없었다. 체력이 약한 데다 노동 강도마저 세니 금세 에너지가 고갈되어 단것을 계속 입에 달고 살았다. 거기다 힘을 내기 위해 고기를 닥치는 대로 먹었더니 체중이 제멋대로 늘었다.

이런저런 우여곡절을 겪으며 아이들은 성장했다. 큰아들은 결혼해서 뉴욕에 정착했고, 예쁜 손녀도 태어났다. 작은아들까지 제 앞가림 할 정도로 성장했을 무렵, 나는 지친 몸과 마음을 돌보기 위해 집필과 강연을 모두 접었다. 하지만 여행을 다니며 한가하게 시간을 보내도 몸은 쉽게 회복되지 않았고, 찬찬히 체크해 볼 마음의 여유도 좀처럼 생기지 않았다.

그러던 어느 날, 작은아들이 결혼하겠다고 알려왔다. 그제야 나는 내 몸 상태가 썩 좋지 않다는 사실을 절감했다. 작은아들은 간간이 방송에도 출연한 터라 결혼식에 방송사 후배들도 올 수 있었는데, 후배들에게 차마 망가진 모습을 보여주고 싶지는 않았다.

그때부터 나는 모든 지식을 동원해서 식단을 관리하고 운동에 힘을 쏟았다. 덕분에 지금도 그때 줄인 체중으로 유지하고 있다. 몸에 해로운 음식은 절대 먹지 않고 운동도 거르지 않는다. 그렇게 할 수 있는 이유는 내가 운동과 식단 관리를 하는 동안 자식들에게 해주고 싶은 마지막 선물을 생각해 냈기 때문이다. 더 많은 돈을 유산으로 남겨주겠다는 식의 선물은 절대 아니다.

자식들에게 주고 싶은 마지막 선물은, 돌봄의 의무로 자식들을 고생시키지 않겠다는 것이다. 나는 부모를 간병하는 일이 자식에게 얼마나 가혹한 형벌인지 너무나 잘 안다. 그래서 그 일만은 절대 시키고 싶지 않다.

내 나이가 되면 무릎이 고장 나서 여행을 못 가는 친구들이 하나둘 늘어난다. 뇌혈관에 혈전이 생겨서 정기적으로 병원에 가야 한다는 등의 소식을 자주 접하게 되자, 까딱하다가는 내가 자식들에게 짐이 될지도 모른다는 생각이 들어 무서워졌다. 그런 일을 만들지 않고 존엄하게 생을 마치는 것이 마지막 소원이라, 이제는 몸 관리에 전력투구하기로 했다.

매일 아침, 나는 음악을 들으며 야채 주스와 삶은 계란으로 아침 식사를 한다. 내 몸을 타인에게 의탁하지 않고 우아한 모습으로 세상을 떠날 수 있도록 관리 중이다. 이런 식으로 아침을 맞은 지 꽤 오래되어 익숙해졌을 법도 하지만, 솔직히 말하면 나만을 위한 식사 준비는 여전히 조금 쓸쓸하다. 그러나 내 마지막 소원이 이루어진다면, 살아 있는 동안 맞이할 아침의 쓸쓸함도 고상한 사치로 받아들일 수 있을 것만 같다.

비싸고 소중한 것은 지금 당장!

얼마 전 소셜 미디어에서 가슴을 뭉클하게 만드는 글을 하나 읽었다. 대략의 내용은 이랬다.

얼마 전 상처한 절친의 집에 가서 유품 정리를 도왔다. 친구는 이런저런 물건들 사이에서 고급스러워 보이는 상자 하나를 발견하고는 와락 부둥켜안으며 통곡했다. 결혼 10년 만에 처음으로 해외여행을 함께 가서 아내에게 선물한 명품 스카프의 상자라고 했다. 바쁘게 사느라 스카프를 선물한 사실조차 잊었는데, 새것 그대로를 발견한 것이었다.

그는 마치 아내가 살아 돌아온 것처럼 상자를 꼭 안고는 "이렇게 쓰지도 못하고 갈 걸 뭐 하려고 아껴뒀나……" 하며 울부짖었다. 나는 집에 돌아와서 아내에게 친구의 이야기를 들려주며 귀한 물건은 절대 아끼지 말고 바로바로 쓰라고 당부했다.

'좋은 것일수록 아껴야 한다. 언젠가 갑자기 필요해질 수 있으니 생기자마자 곧바로 쓰는 건 바보다. 그러니 일단 잘 간수해 두어야 한다.'

전쟁 이후 척박한 환경에서 살아남은 이전 세대에게 아낀다는 것은 매우 중요한 덕목이었다. 그래서 그들은 자녀들에게도 뼛속 깊이 새기도록 가르쳤다. 그 결과, 모처럼 남편에게 선물받은 명품 스카프를 포장조차 뜯지 않고 간직하다가 세상을 떠난 사람도 있는 것이다.

사실 이 사람만의 일도 아니다. 나 역시 알게 모르게 그런 가르침을 받아서 귀한 물건을 바로 쓰는 건 익숙하지 않다. 그렇다 보니 세상을 떠난 여인이 어떤 마음이었을지 격하게 이입되었다. 남편의 따뜻한 마음만 간직해도 좋다는 생각도 했겠지만, 이렇게 귀한 물건을 막 써도 되나 하는 망설임도 컸을 것만 같았다.

나 역시도 아들이 몇 년 전 첫 월급을 받고 기념으로 선물한 스카프를 상자 그대로 넣어둔 후 잊고 지낸 것이 떠올랐다. 글을 읽고 나자마자, 나는 곧바로 상자를 찾아 개봉하고 언제든 쓸 수 있도록 눈에 잘 띄는 곳에 스카프를 걸어두었다.

어떤 브랜드이든 시즌마다 디자인을 바꾸기 때문에 제때 안 쓰면 구식이 되어버린다. 나도 그런 사실은 잘 알지만 어쩐지 선뜻 꺼내 쓰면 안 될 것 같아 종종 묵히곤 했다. '귀한 것은 곧바로 쓰지 말고 아껴야 한다'고 굳게 믿어왔기 때문이다.

마흔네 살에 하늘로 홀연히 떠난 어머니도 그러셨다. 유품을 정리할 때, 고급 옷감이나 장신구가 장롱 속에 꽤 많았다. 포장된 채 그대로인 새것도 있었다. 아직 철이 없었던 때였는지, 난 어머니의 유품을 보면서 "왜 입지도 못하면서 새것 그대로 장롱 속에 모셔두셨을까?"라며 투덜댄 기억이 있다.

어머니는 종갓집 며느리셨다. 당시의 관습대로라면 좋은 옷감이 생겨도 새 옷을 만들어 입고 자유롭게 나들이할 처지는 아니었다. 하지만 언젠가는 종갓집의 엄격한 규율에서 벗어날 날이 올지 모른다는 막연한 기대가 있었던 게 아닐까. 그래서 장롱 깊숙이 아끼는 옷감들을 간직했을지도 모른다.

새 옷감들이 아까워 옷감을 가지고 의상실로 갔더니 원피스로 만들면 좋겠다고 했다. 그런데 지금과 달리, 당시에는 한복용 천으로 만든 옷은 색상이나 질감이 너무 튀어서 선뜻 입고 다닐 수가 없었다. 오래된 새 옷감을 써보겠다고 했다가 결국 원피스는 제대로 입지도 못한 채 재봉비까지 낭비하고 말았다.

아들의 결혼식을 위해 맞춘 뒤 그날 딱 한 번 입고 옷장에 간직해 둔 예복이 있었다. 아무래도 많이 화려하다 보니 평상시 잘 안 입게 되었는데, 이제 잘 보이는 곳에 꺼내어두고 가능한 한 자주 입어야겠다고 생각했다. 다만, 친구나 지인을 만나러 가는데 큰 행사에 참석할 때처럼 차려 입으면 오히려 내가 어색해지므로 해외여행 갈 때 챙겨가기로 했다. 조금 무겁더라도 그 정도는 감수할 만했다. 게다가 외국에서는 다들 나를 모르는 타인만 있으니 그런 옷을 입어도 덜 쑥스러울 것이었다.

해외에 나가면 이국적인 배경 속에 화려한 의상도 잘 어울릴 것 같았다. 귀한 물건을 상자 그대로 보관했다가 구닥다리로 만드는 것보다야 무거운 짐 나르기를 감수하는 게 더 낫겠다 싶었다.

아들의 결혼식에서 입었던 옷은 이탈리아로 가져가서 밀라노 두오모 앞에서 사진으로 남겼다. 이후에도 배경이 아름다운 곳에 여행갈 때마다 그 옷을 챙긴다. 두 해 전 여름에는 클래식 음악을 좋아하는 지인들과 함께 이탈리아 베로나와 오스트리아 잘츠부르크로 오페라 페스티벌을 보러 갈 때도 가져가 입었다.

나는 오페라 공연마다 분위기에 맞추어 원피스를 각각 챙겨가곤 한다. 대부분 행사 참석용으로 비싸게 구입했다가 다시 입을 기회가 좀처럼 나지 않아 옷장에 고이 보관해 둔 것들이다.

현장에 가보니 관객들 중에 세계적인 부호들이 많아서인지 다들 이런저런 명품들을 걸치고 있었다. 나는 실크로드 여행에서 10달러에 산 우즈베키스탄 녹색 전통 모자를 쓰고, 언젠가 집안 행사에서 한 번 입고 보관해 둔 녹색 원피스를 입었다. 명품이란 명품은 모두 다 보이는 곳이었지만, 많은 오스트리아 할머니들은 내게 가만히 다가와 내 옷차림을 칭찬하고는 모자를 어디서 구입했는지 알려달라고 했다.

처음에는 캐리어가 너무 무거워서 힘들겠다며 걱정하던 일행들도 내가 공연 때마다 TPO[시간(Time), 장소(Place), 상황(Occasion)]에 맞춰 의상을 장착하고 나타나자 부러워하는 눈치였다.

해외로 여행 갈 때는 적당히 입다가 버려도 될 만큼 낡은 옷을 가져가는 것이 현명하다고 말하는 사람도 꽤 있다. 그 말도 옳기는 하다. 잦은 이동에 짐 옮기는 수고만 덜어도 몸이 한결 가벼운 것이 사실이다. 그러나 나는 수고를 감수하고서라도 여행지에서는 언젠가 입고 싶어 사둔 옷들을 입고 멋진 사진을 남기겠다고 마음먹었다. 처음에는 짐 나르는 일도 귀찮고 차려 입는 것도 어색했지만, 자꾸 해보니 그다지 힘들지도 않았고, 지금은 여행 사진을 볼 때마다 흐뭇하기까지 하다.

어디 옷뿐만일까? 물건은 물론 시간도 아깝다고 느껴질 때 바로 쓰는 것이 현명하다. 뭐든 적합한 때를 놓치면 절대로 되

돌릴 수 없기 때문이다. 나는 평소에 꼭 해야 하는 일이나, 경제적 사정 등을 핑계로 하고 싶은 일을 미루는 바람에 때를 놓쳐 후회하지 않으려고 한다. 뒤늦게 통곡할 일은 더 이상 만들고 싶지 않다.

친척 P는 대학교수인데, 국제적인 학술 모임에 참석할 일이 많고 외국 정부의 초청을 받아 해외로 출장을 가야 할 때도 종종 있는 편이다. 비용이 지원되는 경우에도 사비 지출은 꽤 많아 좋은 기회라 해도 경제적 부담 때문에 참석을 포기하는 경우가 있다고 했다. 미국 대통령선거가 있던 2024년, 그녀는 이와 비슷한 고민을 털어놓았다. 이때의 대선은 트럼프와 해리스 두 후보 간 지지율이 워낙 박빙이어서 그가 소속된 한 국제단체에서는 경합 지역을 돌며 선거 동향 조사를 하기로 했다. 그는 꼭 가고 싶지만 자비로 가기에는 지출이 너무 많아서 참가를 포기해야 할 것 같다고 했다. 나는 "아니, 무슨 소리야? 앞으로 연구에도 도움이 많이 될 텐데, 이런 기회는 두 번 다시 안 와. 그 돈 없다고 굶어죽을 지경인 거 아니면 그냥 다녀와"라고 단호하게 조언했다.

평소 자신만을 위해 선뜻 큰돈을 써본 적 없었던지라 많이 망설였지만, 내가 계속 부추겼더니 그녀는 마지못한 척 다녀왔다. 그러고 나서는 "언니 덕분에 중요한 역사 현장을 직관할 수 있었어!" 하고 기뻐했다. 나 역시도 당장 어려운 상황이 아니라면 가보고 싶은 곳이 생길 때마다 일단은 떠나려고 한다.

살아온 날들을 돌아보면 황홀하거나 기쁘거나 정말로 만족스러운 순간은 그리 많지 않다. 영화처럼 인생을 다 걸 정도로 첫눈에 사랑에 빠지는 짜릿한 일도 드물다. '이런 게 진짜 행복이지'라고 느낄 일은 손에 꼽을 만큼 적게 찾아온다. 대체로 순간순간 간헐적으로 잠시 나타났다가 빛의 속도로 사라진다. 유효기간도 길지 않아서 놓치면 되돌아오지도 않는다.

시간은 누구도 기다려주지 않고, 젊음도 제자리에 머물지 않는다. 값비싼 선물을 받으면 즉각 사용하고, 정말로 하고 싶은 일이 생기면 아껴둔 돈을 풀어서라도 이것저것 따지지 말고 일단 시작해야 행복의 순간을 한 번이라도 더 느껴볼 수 있다. 시작했다가 후회하더라도 만족감과 기쁨의 순간들을 조금이라도 느껴보고 싶으면 즉각 붙드는 수밖에 없다. 나는 비록 꽤 늦긴 했지만 그래도 때를 맞춘다는 것이 얼마나 중요한지 깨달았다. 삶을 풍요롭게 만드는 방법을 터득할 수 있어 매우 다행스럽다.

나에게 솔직해도 괜찮아

"에이, 이걸 고르려던 게 아닌데……."

쇼핑에서 돌아온 후 나도 모르게 이런 말이 튀어나왔다. 실은 다른 것을 만지작거리다가 얼결에 선택한 것이었다. 물건을 사러 가면 매번 가격이나 실용성 등을 저울질하다가 결국 첫 끌림을 무시하고 무난한 걸 집어 들곤 했다. 그런 다음엔 마음이 안 가 거의 사용하지 않다가 충동적으로 구매한 것을 후회했다.

비슷한 후회를 반복하는 자신이 마음에 안 들지만 딱히 고쳐볼 생각은 못 했다. 그래서인지 옷장을 열어보면 비슷비슷한 의상과 장신구만 늘었다. 가끔은 이런 모습이 자기기만으로 느껴져 마음이 불편했고, 그렇다 보니 남들이 다 한다는 MBTI 검사도 과연 내가 한 답변이 솔직할까 싶어 오랫동안 하지 않았다.

나 자신에게 솔직하지 못한 원인부터 찾아야 했다. 생각해 보니 몇 가지가 떠올랐다.

첫째, 성장과정에서 받은 영향이다. 한 예로 초등학생 때는 물론, 중고생 때도 우리 세대는 학교 숙제로 일기를 제출했다. 지금의 젊은 세대는 상상할 수 없겠지만, 당시엔 '사생활'이란 말은 일상에서 들어본 적도 없었다. 게다가 선생님은 일기에 대해 평가도 하셨다. 속마음을 솔직하게 썼을 때 만약 그게 부정적인 내용이라면 "그런 생각 하면 안 돼" 하고 꾸짖으셨다.

일기란 보여주기 위해 쓰는 거라는 인식이 굳어졌고, 가족에게도 솔직한 속마음을 털어놓기 어려웠다. 성장기 동안 가족 공동체가 개인보다 중요했다. 부모나 형제 중 누군가가 내 일기장을 훔쳐본 걸로 화내면 오히려 까칠하고 속 좁은 사람으로 몰렸다. 그래서 너무나 싫지만 "진짜 싫어요"라고 말할 수 없었다.

둘째, 'K-장녀'여서 마음이 아파도 아프다고 말할 수 없었다. 마음이 아프면 대체로 엄살이라는 반응이 돌아왔다. 나이보다 성숙해 보이는 사람도 그 나이대가 갖는 아픔이 있는 법이다. "나도 아프단 말이야", "나도 힘들어. 제발 비난하지 마"라고 얘기해야만 할 때가 많았지만, 들어줄 사람이 없다 보니 마음이 많이 힘들어도 괜찮은 척하는 것이 오히려 안전하게 여겨졌다.

셋째, 나의 원래 모습보다 남들의 기대에 맞춘 모습을 보여주어야 주변의 인정을 받을 수 있다는 것을 어릴 때 습득했다. 나의 사춘기는 어머니의 병상에서 시작되었고, 집안 어른들은 어머니의 병환보다 이성에 눈뜰 나이의 나를 제대로 감시할 사람이 없어서 더 걱정이라는 듯 수군거렸다.

당시 우리나라에는 남녀유별이라는 유교적 가치관이 여전히 팽배해 청춘들의 이성 교제가 철저히 금지되었다. 성인 남녀가 '손만 잡아도' 결혼해야 한다고 믿을 정도였다. 가문을 중시하는 집안일수록 딸이 이성 문제로 소문나는 것을 수치로 여겨, 평범한 딸들조차 이성 문제를 일으킬 잠재적 범죄자로 취급하기도 했다.

한번은 친척 어른 중 한 분이 어머니 문병을 오셔서는 나에게 들으라는 듯, "어머니 편찮으신데 설마 남자 친구 만드는 정신 나간 애는 아니겠지?" 하며 주어가 없는 질문을 했다. 어머니는 갑자기 병이 싹 나은 사람처럼 당당하고 씩씩한 목소리로 "그 애는 절대 어른들이 싫어하는 짓 안 해요. 별 걱정을 다 하시네요"라고 잘라 말했다.

사회 분위기는 그랬지만 여자고등학교의 분위기는 그와 같지 않았다. 동급생들은 틈만 나면 끼리끼리 모여 길에서 우연히 마주친 남학생이나 교회 오빠 이야기로 자신들의 사춘기를 드러냈다. 너무나 자연스러운 과정이었다. 하지만 나는 홀로 부모님이 만든 내 이미지를 훼손하지 않으려고 슬그머니 자리를 피하며 애써 이성에 대한 호기심을 억누르곤 했다. 하굣길에 남학생이 따라오며 호감을 표시하면 적군을 물리치듯 질색하며 도망쳐 그 학생을 어리둥절하게 만들기 일쑤였다. 어쩌면 그때 이미 내 연애 세포가 거의 박멸되었던 것 같다.

그뿐만이 아니다. 초등학교 저학년 때 백일장에 나가 금상을 한 번 받았더니, 그때부터 부모님은 백일장 대회가 있으면 내가 대표로 나가야 하며 나가면 반드시 상을 타올 것으로 기대하셨다. 백일장 대회 소식이 있으면 불안해서 가슴이 두근거린 적이 많았다.

부모에게든 주변 사람들에게든 한번 만들어진 내 이미지가 훼손될까 두려웠다. 성인이 된 후에도 가정교육을 잘 받고 자랐다는 말을 듣도록 조신하게 행동했다. 방송국에 취업한 후로는 여자 아나운서가 갖는 사회적 이미지에 맞춰 살았다. 당시의 여자 아나운서 이미지는 항상 단정한 차림에 절대 흥분하지 않고 또박또박 말하는 사람이었다. 살다 보면 나도 모르게 거친 욕이 나올 수도 있지만 누가 볼까 봐 속 시원히 내뱉을 수가 없었다.

그럴 때는 자신을 속이는 듯해 자기혐오에 빠지기도 했다. 이런 식으로 타인이 만든 이미지에 갇혀 살다 보니 가끔 나는 누구이며 내가 좋아하는 삶은 도대체 어떤 것인가를 되물으며 혼란에 빠지기도 했다.

미국의 저명한 사회심리학자 앨리엇 애런슨과 캐럴 태브리스는 『거짓말의 진화』에서 인간이 자기기만에 빠지는 원인으로 '인지부조화'를 꼽는다. 인지부조화란 자신의 생각과 행동이 서로 모순될 때 겪는 혼란을 일컫는데, 인간은 이 같은 모순이 생기면 생존이 가능한 안정된 상태로 만들기 위해 자신을 속인다는 것이다. 그것이 지나치게 익숙해지면 거짓말쟁이가 되며, 보통 사람들은 이런 상황에서 엄청난 스트레스를 겪게 되어 우울증을 겪기도 한다.

물론 서로 개성이 다른 사람들이 갖가지 관계를 원활하게 이어가려면 자기감정을 무조건 솔직하게 표현하며 살기는 어렵다. 그러나 자기기만이 너무 자주 반복되면 습관화되어 자칫 우울증을 일으킬 수도 있으므로 어렵더라도 자기감정에 솔직해지는 것이 좋겠다. 누구나 일상에서 사소한 거짓말쯤은 할 수 있다지만, 아무리 사소하더라도 마음이 불안하고 복잡해지는 건 사실이다.

외국계 기업에서 마케팅을 담당하는 30대 초반의 T는 점심시간마다 상사와 눈치싸움을 하게 된다고 털어놓았다. 상사가 매번 "난 ○○이 좋은데, 우리 점심으로 뭐 먹을까?"라고 물어서 상사가 말한 메뉴를 눈치껏 선택한다고 했다. "괜히 다른 거

말했다가 하루 종일 불편하게 지내고 싶진 않거든요. 입사했을 때 알아서 선택하라는 말만 믿고 눈치 없이 제가 원하는 걸 말했다가 내내 불편했어요. 은근히 눈치를 주더라고요."

옆에 있던 IT 기업 직원인 M 역시 사정은 다르지 않았다. "괜히 점심 한 끼 잘못 골라서 분위기 망칠 필요는 없는 것 같아요." 내가 "두 사람 다 외국계 기업인데도 직장 분위기가 그래요?" 하고 묻자 "외국계 기업도 한국에 들어오면 한국 기업이 돼요"라고 대답했다. 내가 "세상에, 그 한 끼는 다시 돌아오지 않는데…… 그런 식으로 넘어가면 아깝죠" 하자 두 사람 모두 '모르는 말씀 마시라'는 표정으로 나를 바라보았다.

그날 나는 여전히 직장에서 솔직하게 자기 의견을 표현하기 힘든 상황이 많다는 사실을 알게 되었다.

물론 이와 같은 사회 분위기만 문제 삼는 것은 어쩌면 핑계에 불과할지 모른다. 사람들 스스로가 자신의 약점을 인정하기 싫어서 자기감정에 솔직하지 못한 경우가 더 많을 수도 있기 때문이다.

그러나 『나는 왜 나에게 솔직하지 못할까』의 저자인 덴마크의 심리상담사 일자 샌드는 "인간관계에서 성숙하고 안정감 있는 모습을 보이는 사람들의 공통점은 자신의 모습을 있는 그대로 사랑하며, 남에게 잘 보이려는 가면을 쓰지 않고 투명하게 타인을 대한다"고 했다. 좋은 인간관계의 시작은 바로 내가 나와 맺는 관계에 있다는 것이다.

타인을 만족시키기 위해, 또는 내가 원하는 나와 실제의 나 사이에 괴리가 생기는 것을 인정하기 싫어서 자신과 동떨어진 사회적 가면을 쓰면 치유하기 어려운 마음의 상처까지 입을 수 있다. 겉으로 표현하기 어렵더라도 적어도 나 자신만은 쿨하게 속마음을 인정하는 연습을 해보기로 했다.

그중 하나로 나는 모델 워킹 클래스에서 1930년대 경성의 복장으로 런웨이에 섰다. 나를 좀더 멋진 모습으로 대중 앞에 드러내고 싶었다. 그날만큼은 정말 꼭 한번 입고 싶었던 과감한 파티 의상을 입기로 했다. 클래스의 최고령자인 내가 가장 화려한 드레스와 모자를 고르니 주변 사람들이 깜짝 놀라는 눈치였는데, 워킹 사진을 보고 모두들 내 의상이 가장 멋있었다며 환호해 주었다. 솔직함을 표현하는 것도 연습하면 어렵지 않다는 생각이 들어 모처럼 흐뭇했다.

내가 나를 위로하는 순간

"수고했다, 혜교야."

2023년, 청룡시리즈어워즈에서 대상을 받은 송혜교 배우는 수상 소감 중 이렇게 말했다. 당시 그녀의 출연작은 폭력 장면이 많아서 촬영이 어려웠는데, 그 일을 잘해낸 스스로를 칭찬한 말이라 매우 신선했다.

'맞아, 남이 나를 칭찬하거나 격려할 때까지 기다릴 필요는 없어. 스스로 격려하는 건 정말 현명한 일이야.'

그녀의 모습을 보던 나는 저절로 고개를 끄덕였다. 잘한 일로 인정받을 때나, 잘못을 저질러서 후회하거나 거듭된 실패로 좌절할 때, '누군가'의 격려와 위로를 받으면 큰 힘을 낼 수 있다. 그 '누군가'에 '나'도 포함된다는 걸 그녀를 보면서 새삼 깨달았다.

지금은 너무나 유명한 류승룡 배우는 가계를 책임지지 못했던 무명시절을 아내의 격려로 버텼다고 말했다. "돈은 내가 벌테니 하고 싶은 일 해." 그가 출연한 영화가 흥행에 연달아 실패할 때마다 아내는 "여보, 껌껌하지만 이게 동굴이 아니라 터널이라고 생각해. 동굴은 들어갈수록 다시 나오기 힘들고 껌껌하지만, (지금은) 분명히 터널이야. 내가 장담할게. 당신 같은 성실함과 기획력이라면 뭐든지 할 수 있어"라고 위로하기도 했단다.

진짜 행운아는 이런 사람 아닐까. 많은 사람들이 격려와 위로를 해줄 사람이 곁에 없어 참담한 고통을 홀로 견디기 때문이다.

회사나 거래처에서 터무니없는 말로 상처받았을 때, 잘하려던 일이 오히려 실수로 변했을 때, 최선을 다했는데 결과가 물거품이 되었을 때, 죽어라 노력했음에도 일이 안 풀려 극심한 경제적 어려움에 처했을 때, 살아남으려고 비굴해졌다가 성과는 없고 후유증만 남아 몸과 마음이 아플 때…… 위로나 격려가 필요한 순간은 우리 주위에 너무나 많다. 이럴 때 누군가 곁에서 힘이 되어주면 좋을 텐데, 안타깝게도 어떤 때는 위로가 되기는커녕 상처를 키우기도 한다.

전문직에서 일하는 40대 초반의 Y는 유치원생 남매의 엄마인데, 최근 건강검진에서 자궁암 진단을 받았다. 신혼집을 시댁 근처에 마련했고, 아이들이 태어난 후에는 시어머니가 육아를 도와주었다. 암 발병 사실을 알렸더니 시어머니는 "요즘은 의학도 많이 발달해서 자궁암 같은 것은 아무것도 아니라고 하더라. 웬만하면 다 낫는다고 하니 너무 걱정할 필요 없다" 하며 위로했다.

시어머니는 안타까워하며 한 말이었겠지만, 며느리에게는 큰 상처가 된 듯했다. 세상이 무너지는 것 같던 그녀에게 그 말은 "그런 암은 별거 아니라는데 웬 요란이냐?"로 들렸다. 아마도 평소 시어머니로부터 호들갑 떤다는 말을 종종 들은 모양이었다. 그녀는 병든 몸에 마음까지 괴로워 너무나 참담하더라고 말했다. 누구에게나 위로는 필요하지만 세상에 위로처럼 어려운 게 없는 것 같다.

또 다른 지인 K는 미모, 학벌, 집안을 모두 갖춘 그야말로 부러운 스펙의 소유자다. 업무 능력도 탁월해서 회사에서도 항상 주요 직책을 맡았지만, 일에 치여 소개팅 한번 제대로 못 하고 40대에 접어들었다. 딱히 비혼주의자는 아니어서 언젠가는 결혼해야지 막연하게 생각했는데, 누군가 결혼 이야기를 꺼내면 '굳이 서둘러야 하나?' 했단다. 결국 보다 못한 어머니가 딸에게 의논하지 않고 결혼정보회사에 등록했고, 이후 몇 번의 미팅이 성사되었다.

"참 못 할 일이에요. 제가 좋으면 그쪽이 싫다고 하고 제가 싫으면 그쪽은 좋다고 하고…… 거절당할 때마다 자존감이 낮아지는 것 같아 당장 그만두고 싶은데 어머니가 포기를 못 하시네요."

나는 누구나 할 수 있는 뻔한 말로 위로할 수밖에 없었다.

"당신에게 싫은 사람이 있듯이 상대방도 얼마든지 당신이 싫을 수 있어요. 거절은 부족함과 관련이 없어요. 사람마다 감정과 문화 코드가 달라서 서로 안 맞을 뿐인 거니까 스스로 위축되지 말고 꾸준히 만나보는 게 좋겠어요."

그녀를 보니 무슨 말인지는 알겠는데 마음이 상한 건 없어지지 않는다는 표정이어서, 내 위로가 얼마나 그녀의 마음에 다가갔는지 짐작하기 어려웠다.

위로가 어려운 것은 진심 어린 위로의 말도 듣는 사람의 상황이나 처지에 따라 전혀 다른 의미로 해석될 수 있어서다. 나이가 들수록 위로의 말을 건네고 나면 상대방이 어떻게 받아들였을지 걱정되곤 한다. 그럼에도 불구하고 위로가 절실한 사람에게는 어떤 말이라도 한마디 건네고 싶은 마음이다.

나 역시도 위로의 말이 절실한 순간들이 많았다. 한창 취업을 준비하던 젊은 시절에 막냇동생이 초등학교에 입학했다. 지금처럼 그때도 아이가 학교생활에 잘 적응하도록 이런저런 학교 행사나 등하교에 학부모가 따라가곤 했다. 주로 엄마들이 참석했지만 우리 집은 엄마가 안 계시니 내가 보호자로 따라가야 했다.

한번은 어떤 행사에서였다. 학부모라 하기에는 너무 젊었으니 우리 남매는 엄마 없는 아이들로 보일 게 뻔했다. 원치 않는 동정을 받기 싫어서 나는 사람들 뒤에 서 있었다. 그 와중에 한 엄마가 "아니, 초등학생 엄마가 왜 이렇게 젊어? 애기네, 애기?"라고 말해 내 얼굴은 홍당무가 되었다. 더 뒤로 가서 숨고 싶었지만 동생은 자기만 누나가 따라와서 불안했는지 눈으로 계속 나를 찾느라 선생님 말씀을 듣지 못했다. 결국 선생님이 나를 불러 보호자가 학생 옆에 있어주어야 한다고 해서 더 이상 숨을 수도 없었다.

그 후 친척들과 만난 자리에서 그때의 상황을 이야기한 적이 있었다. 동생 학교에 따라갔더니 다른 엄마들이 자꾸 엄마가 너무 어리다고 말해서 쥐구멍에라도 숨고 싶었다고 고백했다. 그러자 친척 중 한 명이 "나중에 학부모 되면 아주 잘하겠네. 미리 연습했으니 얼마나 잘하겠어?"라고 말했다.

지금 생각해 보면 당장은 부끄럽고 싫겠지만 지나고 나면 오히려 도움이 될 거라는 위로이자 격려의 말인데, 그때는 그렇게 들리지 않았다. 나도 모르게 버럭 화가 났다. 어쩌면 나는

"정말 어려운 일 했구나. 어린 네가 많이 불편했을 텐데 말이야. 다음에는 나라도 대신 가줄까?" 정도는 아니더라도 "우리가 너 고생하는 거 잘 안다" 정도의 이해와 위로를 받고 싶었던 것 같다. 내가 원한 위로와 거리가 먼 말을 듣자 '그 따위 연습이 왜 필요한데? 그럼 연습 안 한 엄마들은 엄마 노릇을 못 한다는 거야?' 같은 반발심이 생겨 한동안 그 친척을 피했다.

그 일이 있은 뒤로는 아무리 힘들어도 타인에게 위로받기를 기대하지 않고 혼자 견뎠던 것 같다. 말이란 하는 사람이 아니라 듣는 사람의 해석으로 완성된다는 것은 커뮤니케이션 공부를 하고 나서 알았다. 아무리 의도가 좋았어도 듣는 사람의 기분이나 기대치, 상황에 따라 얼마든지 해석이 달라질 수 있기 때문이다.

중학생인 두 딸의 양육권을 갖는 조건으로 얼마 전 이혼한 U는 "힘들겠지만 애들 클 때까지만 참아봐", "애들을 봐서 잘 견뎌야지", "힘들수록 정신 차려야 해" 같은 위로의 말이 정말 듣기 싫다고 했다. 자신의 이혼에 신경 쓰지 말고 아무 일도 없었던 것처럼 대해주는 게 오히려 위로가 될 것 같다면서 말이다. 가뜩이나 예민한 상태인데 '참아라', '견뎌라', '뭐든 해봐라' 등의 지시를 들으니 오히려 간섭 받는 느낌이라서 '내가 잘못 살고 있는 건가?'라는 자괴감마저 생긴다고 했다.

위로에 대한 기대 없이 홀로 견디는 것을 나다운 태도로 여기던 내가 그 '나다움'을 버리겠다고 작정하자, 남이 나를 위로해 줄 때까지 기다릴 것이 아니라 내가 직접 나를 위로해야겠다는 생각이 들었다. 미국의 자기계발 전문가 토니 로빈스는 "우리는 다른 사람에게 위로 받는 것이 어렵거나 불가능할 때 자신을 위로해야 한다. 힘들고 어려운 순간에는 자기에 대한 배려와 이해가 필요하다"고 했다. 또, 미국의 정신과 의사 타라 브랜드는 "외로움은 인간의 본성이며, 그것을 인정하고 받아들이는 것이 중요하다. 그 속에서 자신을 발견할 수 있다"고 조언했다.

커뮤니케이션을 공부할 때 알게 된 '말에는 뇌를 움직이는 힘'이 있다는 사실에 비춰볼 때, 셀프 위로도 충분히 효과가 있을 거라는 생각이 떠올랐다.

힘겨울 때마다 위로해 줄 사람이 없다며 징징댈 것이 아니라, 잘한 일은 잘한 대로 못한 일은 못한 대로 억울한 일은 억울한 대로 뿌듯한 일은 뿌듯한 대로 스스로 위로하고 격려해 보니 위로 받지 못해 참담해지는 기분이 조금씩 줄어드는 것을 느낄 수 있었다. 인간은 홀로 태어나 홀로 사라지는 존재 아닌가! 생각만 조금 바꾸면 스스로 해결할 수 있는 일이 훨씬 많아지는 것 같다.

이제 나는 누구든 위로가 필요하면 그 누군가를 기다리지 말고 스스로 위로해 보라고 권한다. 중요한 시합을 앞둔 운동선수들이 "난 할 수 있어!"를 외치는 것도 이런 말의 효과가 입증되었기 때문이다. 세상의 모든 종교가 소리 내서 하는 기도를 권하는 것 역시 인간의 말에 마법 같은 힘이 있음을 알기 때문일 것이다. 거울 속 자신에게 말해도 되고 애정하는 고양이나 강아지 등에게 속삭여도 좋으며, 털북숭이 인형과 연극처럼 대화해도 좋다.

2장

관계에는 건강한 경계가 필요해

나 먼저 챙겨도 미안해하지 않겠다

한국에서 환전해 간 현지 화폐 중 얼마 남지 않은 잔돈을 다 쓰고 오려고 타이베이공항 면세점에서 이것저것 군것질거리를 사왔을 때다. 집에 도착하니 해외 학회 참석 후 막 돌아온 여동생이 근처에 올 일이 있다며 잠시 들러도 되느냐고 전화를 했다. 여행 직후라 짐 정리도 제대로 못했지만, 여동생이 나를 보러 온다는 말에 반가워서 어서 오라고 했더니 몇 분 되지 않아 도착했다. 여행 가방에서 꺼내 늘어놓은 물건들을 보던 동생은,

"그거, 선물하면 좋겠네?"

하며 선물용으로 아주 잘 골랐다고 칭찬했다. 순간 나는 발끈해서 "만날 남 줄 선물만 챙기라고? 그냥 내가 먹으면 안

돼?" 하고 말했다. 동생은 나를 보며 머쓱한 표정을 지었다. 평소 군것질도 잘 안 하면서 선물이 아니면 왜 포장도 화려한 과자들을 그렇게 많이 사왔는지 궁금하다는 표정이었다.

동생이 돌아간 후, 내가 동생에게 화내며 한 말은 바로 나 자신에게 한 것이었음을 깨달았다. 해외에 나갈 때마다 남들에게 줄 선물을 샀지만, 정작 내 것은 거의 산 적이 없었다. 그러다 보니 맛을 보거나 어떤 모양인지 알지도 못한 채 물건들은 타인에게 전해지곤 했다. 갑자기 그런 내 태도가 못마땅해졌다. 생각해 보니 습관처럼 그래왔던 것 같았다.

돌아보면 나뿐 아니라 일행들도 대부분 탐나는 물건을 발견하면 "이건 우리 아들(또는 딸, 부모님, 남편 등등) 사다 줘야지" 하며 재빨리 지갑을 열었다. 하지만 자기가 갖고 싶은 물건을 발견하면 선뜻 지갑을 열지 못하고 만지작거렸다. 연예인들도 무명생활 끝에 성공하면 부모님 집부터 사드렸다는 게 미담이듯이, 여전히 나보다 가족을 먼저 챙기는 것이 최고의 미덕이며 가치임을 온몸으로 증명해 온 것이다.

오랫동안 우리 정신을 지배해 온 유교적 전통은 예의와 충성을 중요시해 자신을 뒷전에 두고 윗사람 또는 공동체를 먼저 챙기도록 학습시켰다. 일제강점기, 한국전쟁, 급속한 경제개발 등은 집단 우선의 사고방식을 공고히 했다. 그 결과 사람들마다 개인별 편차는 있겠지만 나보다 남을 챙기는 태도가 몸에 배고 말았다.

한번은 식당에서 중년 남성들이 "돈 다 털어서 자식들 교육시켰는데 키워놓고 나니 만나는 것조차 어렵다" 하고 푸념하는 모습을 보았다. 자신은 뒷전에 두고 자식만 챙겼는데, 물질은 고사하고 정신적 보상도 돌아오지 않아 억울한 것 같았다. 그런 감정은 후회만으로 다스려지지 않는다. 조금 이기적으로 보일지 몰라도 나 먼저 챙긴 다음 주위 사람을 생각하도록 마음을 정해두어야만 그런 불편한 감정에서 빠져나올 수 있을 것이다.

전업주부인 C는 인생에서 가장 후회되는 일이 남편의 권유로 직장을 그만둔 일이라고 말했다. 원래 그녀는 고등학교 영어 교사였는데, 결혼 후 의사인 남편의 부탁으로 병원에서 경리 업무를 맡았다. 병원은 곧 자리를 잡았고 남편은 공동 운영을 제안받은 의사들과 동업을 결정해 병원의 규모를 키웠다. 그녀가 하던 업무는 경영 전문가가 맡게 되었다.

그 뒤 그녀는 육아에 전념하느라 또 바쁘게 지냈다. 그 사이 신경 쓰지 못했는데, 자녀들이 대학에 들어가고 시간적 여유가 생기자 자신이 '경력 단절 여성'이 되어 있더라고 했다. 사회적인 경력도 그랬지만, 자신이 무엇을 잘하고, 무엇을 좋아하는지도 희미해져 있었다. 자신의 선택이 어리석었음을 깨달았다고 하소연하기도 했다. "저는 왜 그렇게도 저 자신을 투명 인간

취급하고 가족만 챙겼을까요?" 하며 눈물을 글썽였다.

한동안 소식이 없던 그녀가 달라진 모습으로 나타난 날, 나는 "좋은 일이 있나 봐?"라고 물었다. 사실 그녀는 스스로 너무 억울해하다가 우울증이 생겨 치료까지 받았다고 털어놓았다. 하지만 그러는 동안 한 자기계발 강사의 강좌에 끌려 자신을 챙기는 훈련을 따라 하기 시작했고, 조금씩 나아지는 것 같다고 말했다.

세계적으로 성공한 자기계발 전문가인 멜 로빈스의 『굿모닝 해빗』을 읽으며 저자가 제시한 방법도 연습 중이라고 했다. 그녀는 여러 내용 중에서도 매일 거울을 보며 자기 자신에게 하이파이브를 해서 용기를 주는 연습을 하라는 대목에 꽂혔다고 했다. 과거의 사고방식을 바꾸려면 역시 연습을 많이 해야 할 것 같다고 덧붙였다.

나 역시도 이제는 두 아들 모두 독립해서 나만 잘 살면 되는데도 남부터 챙기는 사고방식은 저절로 바뀌지 않는다. 아주 오랫동안 남의 기념일은 꼬박꼬박 챙겼으면서 내 생일 등 기념일은 물론 축하받을 일들도 가급적 알리지 않고 슬그머니 넘겼다. 어느 날 문득 내가 단지 일 잘하는 기계 또는 타인에게 봉사하는 일꾼으로만 살아온 것 같아서 쓸쓸한 기분이 들었다. 생일이나 기념일이면 그런 생각이 더 깊어지곤 했다. 계속 이렇게 살면 내 자존감이 비누처럼 닳아져서 없어질 것 같아 뭔가 해결책을 찾고 싶었다.

그 해결책의 하나로 이제부터는 여행 갈 때 여윳돈을 조금만 챙기기로 했다. 선물은 적게 사고 그간 내가 미뤄온 일에 투자하려고 말이다. 나이 들수록 바른 자세가 중요하니 시니어 모델 워킹 클래스에 등록해 바르게 걷기도 배웠다. 좋아하는 미술사를 머릿속에 정리하려고 도슨트 과정에서 공부하고 자격증도 취득했다. 그리고 이런 모든 교육 내용들을 소셜 미디어에 기록했다.

사진을 게시할 때마다 아들과 아들 친구들이 "엄마가 즐겁게 사시니까 너무 좋아요" 하고 댓글을 달았다. 나를 먼저 챙기자 자식은 물론 남들도 나를 더 좋게 보는 것 같아 흐뭇했다. 조금 더 일찍부터 덜 희생하고 나를 챙겼으면 좋았겠다는 생각도 한다.

사람은 사회적 동물이니 공동체와 더불어 사는 것은 매우 중요하다. 하지만 지나치게 한쪽으로 기울어서 나를 희생시키면서 남 먼저 챙기는 태도는 오히려 위험할 수 있다. 그동안 나 먼저 챙기는 것이 이기적인 것 같아 차마 못 했는데 용기 내서 해보니 그리 어려운 일도 아니었다. 습관은 하루아침에 고쳐지지 않기에 시간이 더 걸리겠지만 손쉬운 방법부터 찾아보기로 했다. 단순해 보일지 모르겠지만 '내 선물부터 챙기기'가 내 여행의 1차 목표가 된 것이다.

타인을 잘 안다고 착각하지 말 것

"어떻게 그렇게 내 마음을 몰라?"

우리가 사랑하는 사람에게 가장 많이 하는 말 아닐까? 내 마음은 상대를 향한 관심과 사랑으로 가득한데, 정작 상대는 '귀찮게 왜?'라는 반응일 때 갈등이 시작된다. 우리는 부모와 자식, 부부 또는 연인, 그 누구도 상대의 마음을 정확히 읽어내는 게 불가능함을 알면서도 매번 '어쩌면 내 마음을 그렇게도 모를까?' 하며 원망하곤 한다.

어머니의 생신 선물을 고민하던 J가 "선물 고르기가 너무 힘들어" 하고 푸념했을 때다. 주얼리를 드리면 "비슷한 거 있는데 왜 샀니?" 하시고, 맛있는 거 사드리겠다고 하면 "살찌는 데 왜 그런 데 돈을 써?" 하신단다. 꽃을 사다 드릴까 했더니 "금세 시드는 꽃 같은 건 절대 사지 마라"며 화를 내셨다는 것이다. 이야기를 듣던 사람들이 "그냥 현금으로 드려야겠네"라고 입을 모으자 "액수 정하기도 힘들어. 게다가 현금으로 선물하는 자식들은 성의가 없는 거라고 아버지가 늘 말씀하셔서……"라며 투덜댔다.

물자가 넘쳐나니 어떤 선물로 상대를 감동시킬지 고민해야 하는 세상이다. 최선을 다해 고른 선물도 상대에게 쓸모가 없으면 예쁜 쓰레기가 될 수도 있다. 가족이건 연인이건 타인의 속마음을 제대로 헤아리기가 세상에서 가장 어려운 것 같다.

어느 해 설날, 전해에 결혼한 작은아들 부부가 세배를 하겠다며 우리 집을 방문했다. 나는 설음식 만들기에 익숙하지 않지만 아들 부부의 건강을 고려해 칼로리가 낮은 닭을 전날 오래 끓여 국물을 우려냈다. 아들 부부에게 닭 육수로 떡국을 끓여주었다. 그런데 며느리는 잘 먹는데, 아들은 손도 안 대는 것이었다.

"엄마가 정성들여 끓인 건데 왜 안 먹어?"

평소 우리 모자가 세상에서 가장 잘 통한다는 자부심이 강했기에 아들이 떡국을 먹지 않는 이유가 무척 궁금했다. 이유는 간단했다.

"엄마, 제가 물에 빠진 고기는 안 먹잖아요. 백숙도 안 먹고."

그동안 나는 아들이 닭의 몸통이 고스란히 보이는 게 싫어서 백숙을 안 좋아하는 줄 알았던 것이다. 돌이켜 보니 찌게 같은 끓인 음식을 잘 먹지 않는다는 게 생각났다. 오랫동안 멀리 떨어져 살아서 자식의 취향을 몰랐다는 생각에 미안해졌다. 떡국을 닭 육수로 끓이면 칼로리가 적으니까 체중에 민감한 아들이 좋아할 거라고 나 혼자 넘겨짚었던 거다.

아무리 가까운 가족일지라도 생각이나 기호를 제대로 알기는 어렵다는 것을 더 절실하게 깨달은 것은 여동생과 피렌체에서 한 달 살기를 할 때였다. 20대 후반부터 대학교수로 학생들을 가르친 여동생이 정년을 앞두었을 때 우리는 처음이자 마지막으로 단둘이 지내보기로 했다.

어릴 때부터 나를 묵묵히 도운 여동생과는 서로 세상에서 가장 가까운 사이라고 믿어왔다. 여동생은 두 남동생이 사법고시를 준비할 때 학비와 책값을 나와 함께 부담하겠다고 대학 입시생 과외를 열심히 했다. 내가 결혼한 후로는 산동네에 있는 동생들의 고시원으로 혼자 교재들을 사서 나르기도 했다. 외환위기 사태로 갑자기 환율이 치솟아 내가 아이들의 유학 자금을 보내기가 많이 힘들었을 때는 어떤 조건도 달지 않고 도와준 동생이었다.

떠나기 전 나는 우리 둘이서 하는 여행은 마냥 즐거울 거라고 상상했다. 그런데 막상 여행지에 도착해 보니 식사부터 관광 취향까지 서로 너무 달라 충격을 받을 정도였다. "우리가 서로 이렇게까지 모르고 살았나?"라는 말이 거의 매일 저절로 튀어나왔다.

동생은 탄수화물을 좋아해 처음 보는 빵은 어떻게든 사려고 했다. 나는 빵을 좋아하지 않는 편이라 "너무 많지 않아? 그만 사자니까"를 반복했다. 가보고 싶은 성당이나 박물관도 달라서 행선지를 정하느라 자주 다투었다. 가끔은 나도 모르게 "네가 너무 낯설어" 하고 퉁명스럽게 말하기도 했다. 동생도 차마 말은 못 했지만 마찬가지였을 것이다.

우리의 숙소는 피렌체 시내 중심가에 있었다. 15분가량 걸으면 산타마리아노벨라역이 있어서 한두 시간 안에 베네치아, 밀라노, 로마, 피사, 시에나, 루카, 볼로냐 등등 유명한 도시들을 구경하고 돌아올 수 있었다. 그런데 우리는 가보고 싶은 도시마저 서로 달라서 각자 다른 도시를 다녀온 적도 있었다.

세계 최초의 대학이 있는 볼로냐에 가보고 싶다고 동생이 말했을 때, 나는 예전에 가봤는데 특별한 게 없었다며 반대했다. 피렌체에 왔으니 와이너리는 적어도 한 번 이상 가봐야 한다고 했더니, 동생은 학회 등의 모임에서 많이 다녀봤지만 별로 감동이 없었다면서 비싼 돈 내고 또 갈 생각은 없다고 우겼다. 동생이 와인을 그다지 좋아하지 않는다는 것도 그때 처음 알았다.

자라면서 서로 의지하고 친하게 지낸 동생인데도 결혼이나 직장 생활 등으로 오랫동안 각자 다른 문화에서 살다 보니 생각보다 다른 점이 많아 낯설게 느껴졌다. 피를 나눈 가족도 이처럼 서로의 속마음이 다른데 남편이나 친구들은 오죽할까 싶었다.

그러다 보니 인간관계에서 가장 위험한 것은 내가 상대를 잘 안다고 착각하는 것이라는 결론을 얻었다. 상대가 원하지 않는 선의를 일방적으로 베풀고 나서 인정해 주지 않는다고 원망하거나, 내가 짐작한 상대의 기호를 마치 사실인 양 말하는 것은 갈등을 일으키기에 충분했다.

우리가 티격태격하는 동안 나는 동생의 새로운 면모를 발견했고 내 일방적인 기대치를 조절할 필요성도 느꼈으니, 단지 불편한 여행만은 아니었다. 친밀한 관계일수록 갑자기 낯설게 느껴지면 화내고 다툴 것이 아니라 충돌을 감수하더라도 툭 터놓고 솔직하게 대화를 나눠야 한다. 그러면서 상대에 대해 잘못 알고 있는 부분을 수시로 수정하는 것이 현명하다는 걸 배운 여행이었다.

우린 모두 독립체,
나와 가족을 동일시하지 않기

“저어, 가족이랑 같이 안 살아도 될까요?”

한 심리학자의 대중 강연이 끝나고 질문과 답변이 오가는 시간이었다. 20대 초반으로 보이는 청년의 질문에 강사가 “왜 그런 생각을 하게 됐죠?” 하며 되물었다. 잠시 망설이던 청년에게 강사가 대답을 요청하는 눈짓을 보내자 그는 천천히 입을 열었다.

“저는 힙합 음악을 정말로 좋아하는데요, 친구들도 잘한다고 인정하고요. 그런데 부모님이 취업이나 하라며 절대로 못하게 하시거든요……”라며 그는 자신의 상황을 말하기 시작했다. 청년의 이야기는 대략 이랬다.

부모님은 항상 자기 말을 무시하는데, 특히 진로 문제는 요지부동이다. 이해해 줄 것이라 믿었던 친척들도 "부모님이 다 너 잘되라고 그러시는 거지, 너 잘못되라고 그러시겠어?"라며 그의 고집을 꺾으려고 했다. 부모님은 친구조차 마음대로 못 사귀게 해 학창 시절 내내 혼자 다녔고, 유일한 심리적 탈출구가 힙합인데 부모님이 절대로 못 하게 해서 극단적인 생각까지 해본 적이 있다. 부모님이 하라는 공부는 죽어라 노력해도 머리에 안 들어간다. 고등학교 졸업 후 20대가 되고 보니 학생도 아니고 취업준비생도 아닌 상태로 나이만 먹고 있다. 이러다 정상적인 사회생활을 못할 것 같아 공포스럽다. 알바로 생계비를 벌더라도 가족과는 떨어지고 싶지만, 집 나갈 용기가 없다. 그래도 되는지 누군가에게 확인받고 싶은 마음이다…….

그는 강사에게 자신의 결정을 확인받고 싶어 했다. 그 안타까운 모습을 보니 여러 생각이 들었다. 공동체 중심의 가족관에 매몰돼 자식의 미래마저도 자기 마음대로 좌지우지해도 된다는 듯한 부모의 태도가 폭력과 횡포로 여겨졌다. 사회적 분위기가 많이 바뀌었음에도 여전히 가족 간 언어폭력으로 갈등을 빚는 가정이 꽤 있다.

"그렇게 게을러서야 어디 밥이나 제대로 먹고 살겠어? 다 너 잘되라고 하는 말이야. 네가 부지런히 노력해서 직장에서도 칭찬받고 승진도 빨리 하면 좋잖아."

아파트 엘리베이터에서 한 모녀가 주고받는 대화를 들은 적이 있다. 엄마는 딸이 사회에서 뒤처질까 걱정돼 한 말일 수 있지만, 딸의 싸늘한 표정으로 보아 그 말은 처음이 아닌 듯 보였으니 말하는 사람의 의도대로 해석될 가능성은 거의 없었다.

명절이 다가오면 "나이가 찼으니 이제 결혼해야지", "취직은 왜 안 해?", "아이는 언제 낳을 건데?", "둘째는 빨리 낳을수록 좋아" 등등 오랜만에 만나는 자식이나 친척에게 해서는 안 되는 말들이 언론에 많이 언급되곤 한다. 상대를 위한다는 명분으로 듣는 이의 기분이나 처지를 고려하지 않고 함부로 하는 말이 그만큼 많아 가족간에 갈등을 빚기 때문일 것이다.

어느 늦은 가을날, 예전에 이웃에 살던 B를 길에서 우연히 만났다. 그녀는 주말에 차 마시러 집에 오라고 나를 초대했다. 약속한 날이 되어 내가 그녀의 집에 도착했을 때, 엄마와 아들이 다투는 소리가 현관 밖에까지 들렸다. 엄마는 날씨가 갑자기 추워졌으니 패딩 점퍼를 입으라는 것이었고 대학생인 아들은 그럴 필요 없다고 주장했다. 실랑이가 한동안 계속되는 듯했다.

갑자기 현관문이 벌컥 열렸고, 아들은 엄마가 들고 있던 점퍼를 빼앗아 바닥에 패대기치고 휭 하니 집을 나가버렸다. B는 현관 앞에 서 있는 나를 발견하자마자 갑자기 눈물을 터트렸다. 자기 말을 듣지 않는 아들이 그렇게나 약속했던 모양이었다.

그 모습을 보니, 부모가 자녀를 하나의 독립체로 보지 않고 자신과 동일시하는 사람들이 생각보다 훨씬 많은 게 아닐까 궁금해졌다. 자녀의 결혼 문제마저 부모가 마음대로 결정하려고 해서 갈등을 빚는 경우들도 종종 보았기 때문이다.

“도대체 우리 애는 시집갈 생각을 도통 안 해. 내가 여기저기 소개해 달라고 해서 괜찮은 자리가 나와도 절대 안 한다며 요지부동이야” 하며 초조해하는 친구에게, 다른 친구가 “자기 인생인데 오죽 잘 알아서 결정하겠어? 엄마가 딸 인생 대신 살 것도 아니고, 요즘 애들은 간섭하면 더 싫어 해” 하자 “그래, 네 아들은 결혼했다 이거지?”라고 정색하며 화를 내는 모습도 본 적이 있다.

이런 사례들을 감안하면, 우리 사회의 혼인율과 출산율이 저조한 원인이 꼭 경제적인 이유 때문만은 아닌 것 같다. 여전히 유교적 가족관이 건재하고, 내 자식이니까 모든 것을 간섭해도 된다는 생각이 한몫하는 것 같아서다.

자녀와의 동일시 때문에 일어나는 문제는 상당히 광범위하다. 어머니가 입만 열면 아버지 험담을 해서 괴롭다고 하소연하는 사람도 있다. 남편 때문에 겪은 고통을 여과 없이 딸에게 늘어놓으면서 “넌 아빠를 너무 많이 닮았어!”라며 폭언을 퍼붓기도 한단다. 자식의 자존감 같은 건 안중에도 없다는 듯이 말이다.

부모로부터 "남자들은 다 도둑놈이거나 늑대야"라는 말을 수시로 들어서 남자를 적대시하는 태도가 굳어졌다는 사람도 있다. 그녀는 40대 후반임에도 남자 친구를 단 한 번도 사귀어 보지 못한 그야말로 '모태 솔로'라고 고백했다.

자신이 하겠다는 건 아버지가 무조건 반대해 다시는 만나고 싶지 않을 정도로 밉다고 한 사람도 있다. 자식을 부모의 일부로 생각하는 집단주의적 사고 때문에 생기는 문제들일 것이다. 자신의 생각과 인격을 무시하는 말들을 반복적으로 듣고도 단지 가족이라는 이유로 계속해서 사랑할 수 있겠는가?

서울대학교 홍성욱 교수는 유교적 가족관은 가족 내에서 개개인의 개성과 자율성을 억제하고 세대 간 갈등을 심화시키는 원인이 된다면서, 부모의 권위가 지나치게 강조되면 자녀가 독립적으로 행동하거나 자아를 실현하는 데 어려움을 겪는다고 말한다. 세대 간에 사고방식이나 경제개념이 확연히 차이가 나는 현대 사회에서는 이런 갈등의 근본 원인을 없애야 보다 바람직한 가족관계가 유지될 것이다.

다행인지 불행인지 나는 일찍이 어머니를 잃었고 홀로 되신 아버지를 보살펴드려야 하는 상황에서 자랐다. 덕분에 부모의 불필요한 간섭은 받지 않았다. 오히려 내가 가족들의 일에 간섭하지 않도록 조심해야 했다.

한번은 아들들과 이야기하다가 "내 청춘을 다 바쳐서 동생들 뒷바라지했지만 알아주는 놈이 없네"라고 한탄한 적이 있다. 아들은 개인을 우선하는 미국에서 공부한 사람 티를 내며 냉정하게 한마디 했다.

"엄마, 엄마는 삼촌들의 엄마가 아니잖아요? 그리고 삼촌들이 돌봐달라고 부탁한 적도 없고요. 삼촌들은 엄마의 보살핌이 싫었을 수도 있어요. 괜히 이제 와서 누나가 엄마 노릇 하려고 하면 삼촌들이 좋겠어요?"

가정에서도 윗사람 관점으로 아랫사람을 평가하면 안 된다고 남들에게 말해 온 내가 동생들 돌봐준 공은 아무도 알아주지 않는다고 푸념하다 아들에게 한소리 들은 것이었다. 아들에게 따끔한 말을 듣고 난 후에야 나도 남들처럼 내 관점으로 동생들의 태도를 평가하고 있었음을 인정해야 했다.

가족이라도 절대 나와 동일체가 될 수 없음을 인정하니 더 이상 섭섭한 마음이 들지 않았다. 덕분에 상대방의 태도를 내 기준에 맞춰 해석하지 않는 자세도 새로 배웠다. 게다가 아들처럼 나이나 위계질서 따위를 따지지 않고 자유롭고 평등하게 의견을 주고받으려면 마음을 넓게 가져야 한다는 것도 깨달은 날이었다.

섣부른 칭찬과 위로는 금물

최근에는 식당이나 편의 시설 등에서 키오스크를 많이 사용한다. 나보다 어린 사람들과 함께 있을 때면 내 행동이 조금만 느려도 누군가 나서서 "나이 든 분들에게는 키오스크가 외려 불편하시겠어요" 하며 잽싸게 내 몫까지 주문해 준다. 나이 들면 행동이 느려지는 게 사실이지만 아예 처리를 못하는 건 아니다. 순발력은 떨어지더라도 디지털 기기 사용에 익숙한 사람도 많다.

평소에 잘 사용하던 키오스크는 어린 동반자로 인해 갑자기 나이 장벽이 되어버리곤 한다. 내가 서슴없이 키오스크에 다가가면 여지없이 "어머나! 그 연세에 대단하세요!" 하며 감탄하곤 하는데, 칭찬인지 아닌지 다소 헷갈릴 정도다.

요즘 나는 이런 "어머나! 그 연세에 대단하셔요!"라는 감탄을 자주 듣는다. 매일 유튜브를 보면서 홈트레이닝을 한 시간 정도 한다고 했을 때, 한국어가 서툰 손녀와의 소통을 위해 영어 스피킹 클래스에 나간다고 했을 때, 아프리카나 남미 등의 오지를 여행하고 왔다고 했을 때, 유튜브를 이용해 챗지피티 사용법을 배운다고 했을 때 등등 칭찬의 말들은 때때로 들려왔다.

사실 이런 칭찬을 들을 때면 대체로 불편하다. 처음 몇 번은 괜찮았는데 반복해서 들으니 좋지 않은 감정이 차오르기도 했다. '자기랑 나이 차가 별로 나지 않는데 내가 그렇게 늙어 보이나?' '그럼 나이 든 사람은 새로운 것들과 담 쌓고 집에 콕 박혀 있어야 정상이야?' 나이로 사람의 능력이나 도전을 쉽게 판단한다니 이상한 세상이다 싶다.

물론 나도 잘 안다. 키오스크 다루기가 어려워서 쩔쩔맬 것이 뻔하니 곤란에 빠지기 전에 미리 도우려는 그들의 친절한 마음을. 그걸 알면서도 이런 일에 마음이 불편한 내 성격이 별로인 것 같아 더 우울해질 때도 있다. '왜 나는 나이와 관련된 칭찬이 불편한 걸까?' 하는 생각이 들자, 다른 사람들에게도 각자 불편한 칭찬이 있지 않을까 하는 생각에 이르렀다.

2000년대 초, 『칭찬은 고래도 춤추게 한다』라는 책이 세계적인 베스트셀러가 되면서 우리 사회 전체가 칭찬에 인색하면 안 된다는 분위기에 휩싸였다. 물론 지금도 여전히 칭찬은 하면 할수록 좋은 것이라 받아들여진다. 그러나 칭찬은 듣는 사람이 온전히 칭찬으로 받아들일 때 비로소 효과가 있다. 누군가를 칭찬할 때 어떤 목적을 담는 경우도 사실은 많다.

최근에 부서가 바뀌어 새로운 상사를 만난 직장인 남성 M은 상사가 성격이 쾌활하고 말도 시원시원하게 해서 다행이다 싶었다. 첫날부터 칭찬을 퍼부을 정도였는데, 겪어보니 폭풍 칭찬 후에는 보상 대신 일감이 밀려들었다. "잘했어. 정말 맘에 들어"라 하고는 "옆에서 헤매는 동료 좀 도와줘"라고 하거나, "벌써 끝났어? 신속해서 좋네!" 이후에 "빨리 끝냈으니, 그럼 이 일도 좀 얼른 마무리해 주면 좋겠어"라는 식으로 이어졌다. 상사의 칭찬이 그런 식으로 귀결되니 M은 칭찬받으면 오히려 겁이 난다고 고백했다. 직장 상사의 칭찬이 보상 대신 부담으로 이어지면 누구도 칭찬을 달가워하지 않을 것이다.

또한 칭찬이 받아들여지기 어려운 상황도 있다. 불면증에 시달려 눈에 띄게 해쓱해진 사람에게 "오늘따라 날씬해 보이네" 같은 말은 상대 입장에서는 곱게 듣기 어려울 것이다. 이처럼 칭찬이 온전히 전달되려면 여러 조건이 맞아떨어져야 한다.

윌리엄 B. 스완과 매슈 브룩스는 논문 「왜 위협이 보상 반응을 유발하는가(*Why threats trigger compensatory reactions*)」에서 사람들은 자신의 성격, 지적 능력, 장단점 등에 대해 자신이 생각하는 것과 비슷한 피드백을 받을 때만 호감을 느낀다고 말했다. 기준에서 어긋나면 좋은 칭찬이 되기 어려운 셈이다.

심리학자 알프레드 아들러는 지그문트 프로이트의 정신분석 이론을 뒤집고 타인과의 관계가 개인의 발달과 성장에 영향을 미치는 것에 초점을 맞춰 개인심리학 이론을 내놓았다.

어릴 때 구루병을 앓는 등 병약했던 그가 아마도 자신의 경험을 토대로 하여 찾아낸 연구 결과는 "타인에게 섣불리 칭찬을 하면 안 된다"는 것이었다. 칭찬은 개인의 행동이나 성과를 긍정적으로 평가하는 것인데, 사람으로 하여금 외부 평가에 과도하게 의존하게 만들 수도 있다고 말했다. 그는 특히 "당신이 타인에게 칭찬을 할 때, 상대방에게 자기 자신의 생각, 능력 그리고 선택에 대한 책임을 회피하게 하기도 한다"며 칭찬이 오히려 듣는 사람을 나태하게 만들 수 있다는 점도 거론했다.

방송계 후배 P와 H는 40대인데, 최근 회사의 구조조정으로 명예 퇴직을 해야 했다. 뉴스나 교양 프로그램처럼 감정을 절제해야 하는 프로그램에 최적화된 전문가들로, 맡은 일을 분명하고 성실하게 해왔던 이들이다. 퇴사 직후 그들은 많은 사람들에게 위로의 말을 들었다.

"오랫동안 일만 했으니 좀 쉬어도 돼. 요즘은 프리랜서도 많잖아?"

지인들이 용기 내라며 이런 말을 건넸다. 빈틈없이 일을 잘 했지만, 입담으로 대중에게 즐거움을 주는 재주가 없다는 걸 자신들도 알고 있었기에 프리랜서 운운하는 말들이 위로가 되기는커녕 그렇게 크게 자신들을 좌절시킬 줄은 몰랐다고 고백했다.

그들의 이야기를 들으니 그동안 내가 얼마나 섣부른 칭찬이나 격려로 '나답게 타인에게 보탬을 주었다'고 오해하며 살았나 불현듯 창피했다. 나도 남들이 "그 나이에 대단하시네요"라고 칭찬하는 것이 싫듯이, 그들 또한 나의 어쭙잖은 칭찬에 큰 상처를 받았을 수도 있겠구나 싶었다.

칭찬은 좋은 것이니 가급적 많이 하는 게 바람직하다고 믿었던 내 생각을 바꾸기로 결심했다. 이제는 뭔가를 잘하는 사람을 만나면 칭찬하려고 서두르기보다는 상대의 기대치를 가늠해 보고 그에 걸맞게 행동하려고 더 신경 쓴다. 위로의 말 역시 그렇다. 어려움에 처한 사람에게는 서툰 위로의 말을 건네기보다 진심을 다해 꼭 안아줄 생각이다.

동정심을 남발하면 큰코다친다

"그럴 줄 알았어. 아무리 불쌍해도 그런 동정심은 베풀지 말았어야지……."

나도 모르게 이 말이 튀어나왔다. 〈블랙 미러〉라는 드라마를 볼 때였다. 드라마에는 첨단기술을 악용하는 사례들이 많이 등장하는데, 인간의 욕망으로 인해 발생하는 디스토피아적인 내용들이 대부분이다. 급변하는 기술 시대가 궁금할 때 가끔 챙겨 보는 드라마다.

그중 한 에피소드인 '시야 너머로(Beyond the See)' 편을 보다가 동정심이 가져올 수 있는 위험성에 대한 경고가 내 마음에 들어왔다. 슬픔에 빠진 동료를 도우려는 남자와, 그의 선행이 가져오는 뜻밖의 결과가 중심 내용이다. 선함의 동의어로 여겨지는 동정심이 때로 어떤 역효과를 가져올 수 있는지 객관적으로 들여다보게 해주었다.

얼마 전, 후배 K가 전화해 로맨스 스캠을 당한 것 같다며 조용히 문제를 해결할 전문가를 알아봐줄 수 있는지 다급하게 물었다. 그녀가 겪은 일을 요약하면 이랬다.

독신으로 살아온 그녀는 이제 막 공공기관 임원직에서 은퇴했다. 한가해지자 불현듯 외로움이 밀려와 소셜 미디어에 재미를 붙여보았다. 어느 날 프로필 사진과 이력이 그럴듯해 보이는 남자가 K에게 친구요청을 보냈다. 나이는 K보다 세 살 많고, 열두 살에 미국으로 유학 가서 의사가 되었으며, 7년 전 아내와 이혼했다고 했다. 남자는 시리아 내전 지역인 알레포에 파견되어 있는데, 그곳 통신 상태가 불안정하니 카톡으로 친구를 맺어서 대화하고 싶다며 아이디를 보냈다. 유엔과의 계약이 곧 끝나기 때문에 한국에 나가 '새출발'을 하고 싶다고 강조했다.

K는 공허해하던 차에 남자와 대화가 잘 통하자 호감이 생겼고, 자신도 모르게 경계심을 늦추게 되었다. 얼마 뒤 남자는 임무는 끝났지만 인도적 차원으로 일주일간 난민촌 야전 캠프에서 의료봉사를 한 후 귀국해야 한다고 말했다. 귀중품 보관이 불가능해 동료들은 짐을 모두 집으로 보냈다며, 자신은 가족이

없어서 보낼 곳이 없으니 K가 택배로 받아뒀다가 나중에 건네줄 수 있겠느냐고 물었다.

K는 남의 재산은 맡을 수 없다고 딱 잘라 거절했다. 남자는 현금이 아닌 문서이고, 코드 번호를 알아야 열 수 있는 작은 금고에 들어 있으니 부담 갖지 않아도 된다고 했다. 남자가 끈질기게 설득하고 K도 동정심이 생겨 자신의 집 주소와 전화번호를 알려주었다. 남자는 배송을 맡겼다는 국제택배사 앱을 알려주며, 이곳과 연락해 금고가 분실되지 않도록 신경 써달라고 간곡히 부탁했다.

이틀 후, 택배사 담당자가 배송료로 500만 원을 보내라고 연락했다. K는 너무나 놀랐지만, 담당자는 배송료를 안 보내면 소포의 안전을 보장할 수 없다고 으름장을 놓았다. 남자는 비용이 발생하는 줄 몰랐는데 정말로 미안하다고 말했다. 하지만 이미 택배사가 물건을 싣고 떠나 되찾을 수 없으니 배송료를 안 내면 분실할 게 틀림없다며 울먹였다. 마음이 약해진 K는 일단 배송료를 송금했다.

자신의 잘못으로 소포가 분실되면 남자의 인생 7년이 송두리째 사라질까 봐 노심초사했단다. 항상 책임감 있게 일을 처리해 온 그녀다웠다. 이후에도 택배사에서는 통관에 문제가 생겼다며 수시로 돈을 요구해 K는 몇 차례 더 송금했다. 마침내 그 금액은 자그마치 자동차 1대 값이 되었단다.

결국 소포 도착 시간이 거의 다 되어서야 K는 의심스러운 징후를 느꼈다. 그제야 그녀는 택배 회사 웹사이트에서 뉴욕 본사 전화번호를 찾아 소포 번호로 현재 위치를 문의했고, 그 회사에서는 사용하지 않는 조합의 번호라는 답변을 들었다. 남자는 어느새 소셜 미디어에서 사라졌다. 사진도 이력도 가짜임에 틀림없었다.

매사에 딱 부러지고 똑똑한 그녀가 이런 일을 당하다니 나 역시 황당했다. 여기저기 전문가들을 수소문해 자문을 구하니, 그런 일에는 아직 법적 근거가 마련되어 있지 않으며 그 정도로 치밀한 사기꾼이라면 이미 증거를 모두 없애버려 찾을 수 없을 거라고 했다.

결코 사사로이 감정에 휘둘리지 않던 그녀도 애정 공세와 협박을 번갈아 하며 동정심을 자극하는 사기 집단 앞에서 합리적인 의심조차 못 하고 고스란히 당한 것 같았다. 피해도 피해지만 이상함을 늦게서야 눈치 챈 자신에 대한 실망이 너무 커 보였다. 남 일이 아니라, 나 역시 똑같이 당했을 거라는 생각이 들자 등골이 오싹해졌다.

예로부터 우리 사회에서는 자식을 키울 때 "옳지, 착하지", "착한 아이가 되어야지" 등의 말로 대부분의 칭찬을 '착함'으로 귀결지어 왔다. 그런 학습이 너무 잘된 나머지 착한 아이 콤플

렉스에 빠지기도 한다. 착함 안에는 어려움에 처한 사람을 돕는 동정심도 포함되니, 누군가 동정심에 호소하면 마음이 약해지고, 속임수에도 쉽게 넘어갈 위험이 있다.

오랫동안 동정심을 선함의 동의어로 보는 경향이 강했기에 "도와주더라도 우선 조금 냉정하게 자립할 여지를 살피며 기다려보아야 한다"는 주장조차 '피도 눈물도 없는' 처사라며 비난받는 경향이 강하다.

남들에 비해 동정심이 많은 편은 아니지만 나에게도 어느 정도는 동정심이 장착되어 있는 것 같다. 남편의 사업이 갑자기 주저앉아 당장 아이들 학비를 낼 수 없다며 울먹이던 친구에게 선뜻 큰돈을 빌려준 적이 있을 정도니 말이다. 하지만 사업이 정상화된 후 친구가 돈을 갚기는커녕 오히려 나를 피해 다니는 걸 보고 상처를 받은 적이 있다. 동정심의 밝은 면과 어두운 면을 동시에 경험했달까.

미국 미시간대학교 심리학과 스테파니 프레스턴 교수가 쓴 책 『무엇이 우리를 다정하게 만드는가』를 보면, 포유동물들은 사회적 동물로서 종의 유지를 위해 두뇌가 새끼 돌보는 데 최적화되어 있다고 한다. 그래서 아기처럼 취약해 보이는 대상에게 본능적으로 동정심이 발동된다고 한다. 다만 성욕, 식욕, 물질욕 등 인간의 모든 본능들이 그렇듯 동정심도 적당한 선에서 절제하지 못하면 자기희생으로 이어질 수 있다고 했다.

나도 공동체가 유지되고 인류의 멸종을 막기 위해서는 동정심이 꼭 필요하다고 생각한다. 형편이 나은 사람들이 어려운 사람들을 도와야 사회가 유지되는 것도 사실이다. 그러나 동정심도 섹스, 음주, 식탐 같은 인간의 다른 본능처럼 과하지 않도록 범위를 정해두고 절제하는 것이 중요하다.

동정심을 절제하지 못하는 이유는 어려움에 처한 사람의 부탁을 거절하면 나도 모르게 내 인간성에 문제가 있는 게 아닐까 하는 자괴감이 생기기 때문인 것 같다. 누군가 어려울 때 도움을 주거나 받는 것은 오래전부터 중요한 미덕이었기에 용기내서 한 부탁을 거절하기는 불편한 일이다.

그러나 선의 없이 단지 본능적인 동정심 때문에 무리수를 두면 피차 상처만 받을 뿐이다. 또 내 상황을 잘 살피지 않고 마음만 앞서면 도움을 주고 나서도 석연치 않을 수 있다. 내가 도움을 줄 수 없는 경우라면, 불편하더라도 우물쭈물하며 돌려 말하지 말고 명료한 말로 거절하는 것도 필요하다. 가령 형편이 어려워 투잡을 뛰면서 상습적으로 야근을 부탁하는 직장 동료가 있다고 가정해 보자. 그에 대한 친밀함과 선한 마음으로 한두 차례 도와줄 순 있지만, 내 상황이나 조건이 그렇지 못하다면 그의 처지에 동정은 가더라도 내 의사를 명확히 하는 게 좋다. “바빠서 말이야……” 또는 “오늘은 선약이 있어서……” 처럼 둘러대지 말고 “일하느라 하루 종일 힘들어서 다른 사람

몫까지 대신하는 건 너무 벅차네. 미안하지만 들어주긴 어렵겠어"라고 솔직하게 말하는 게 현명하다. 그래야 상대방도 좀더 근본적인 대책을 생각해 볼 것이고, 서로의 관계에도 불필요한 오해가 쌓이지 않을 것이다.

동정심을 절제하지 못하는 사람일수록 거절에 대한 심리적 부담이 커서 빙빙 돌려 말함으로써 해석상의 오류를 만들곤 한다. 무엇이든 부탁을 받았을 때는 무작정 동정심에 이끌리기보다는 일단 한발 물러서서 나에게 무리가 되는 일은 아닌지 냉정히 판단해 보고 결정하는 게 어떨까. 단호하게 거절하는 말을 익혀두면 지나친 동정심으로부터 나를 구할 수 있을 것이다.

매사에 부정적인 사람과는 일단 거리를 두자

가끔은 만날수록 기분이 찜찜해지는 사람이 있을 것이다. 나에게도 그런 일이 종종 생긴다. 절교하면 너무 냉정해 보일 것 같아 억지로 관계를 유지해 왔다. 심리 전문가 A는 사람의 감정은 전이되기 쉬우므로 어떤 사람과의 만남에 불편한 느낌이 자주 들면 정신적 스트레스가 쌓여 건강을 해칠 수 있다면서 어서 정리하라고 충고했다. 하지만 나는 오래 알고 지내온 사람과의 관계를 의도적으로 끊은 적이 없어 선뜻 받아들이지 못했다.

A는 요즘에는 관계 끊기 어려워하는 심약한 사람들 중에 가스라이팅을 당하는 사람도 많다고 덧붙였다. 가스라이팅이란

상대의 심리나 상황을 교묘히 조작해서 판단력과 현실감을 잃게 만든 후 자기 마음대로 조종하고 이용하는 것을 말한다. 그러니 나에게 부정적인 영향을 주는 사람을 오래 곁에 둘수록, 나도 모르게 그에게 영향을 받고 조종당할 위험도 커질 것이다.

내가 거리를 두고 싶은 사람은 누군가에 대한 험담이나 뒷담화를 많이 하는 사람이다. 몇 년 전 동남아시아 여행을 갔을 때였다. 여행사를 통해 간 일반적인 패키지여행이라 2인실을 사용하게 되어 룸메이트를 소개받았다. 방을 같이 쓰다 보니 처음 만난 사람이지만 사적인 대화를 많이 하게 되었다.

룸메이트는 부유한 집에서 자랐는데, 학창시절 성적이 좋지 않아 부모가 원했던 대학에는 가지 못했다고 했다. 명문대 출신 사위를 간절히 원한 아버지 때문에 엄청난 혼수를 조건으로 남편과 결혼했고, 홀로 된 시어머니는 아들에 비해 며느리 학벌이 기운다며 사사건건 트집을 잡았다고 분통을 터트렸다.

그녀는 입만 열면 시어머니 험담을 했다. 한두 번 정도는 안됐다고 맞장구쳐 줄 수 있었지만, 너무 많이 듣다 보니 나도 누군가의 험담을 해야 할 것 같은 착각이 들 만큼 스트레스가 쌓였다. 나중에는 추가 비용을 내더라도 그녀와 방을 따로 쓸 수는 없는지 여행사에 문의해야 할 정도였다.

말이란 중독성이 있어서 자주 들으면 들은 대로 생각하게 된다는 것을 그제야 떠올렸다. 여행에서 돌아온 후에도 그녀는 종종 나에게 연락했다. 처음에는 몇 번 만났는데, 역시나 대화의 마무리는 시어머니 험담이어서 헤어지고 나면 마음이 불편했다. 예전 같으면 그러려니 하고 말았겠지만, 이제는 안 되겠다 싶었다. 그때부터는 만나면 기분이 우울해지거나 불편한 사람과는 서서히 거리를 두어야겠다고 마음먹었다.

매사에 부정적인 사람과도 거리를 두고 싶다. 식당에 같이 가면 수저나 포크에 묻은 이물질을 귀신같이 발견하는 친구가 있었다. 그럴 때마다 식당 주인에게 조목조목 따지곤 했는데, 비단 식당에서만 아니라 사회현상이나 주변에서 일어나는 일에 대해서도 늘 비판적으로 이야기했다.

처음에는 자기만의 냉철한 시각이 있는 사람이구나 생각했지만, 그런 광경을 볼 때마다 점점 피곤해졌다. 돌이켜 보니 그녀는 비판적이라기보다는 부정과 불평으로 가득했던 것 같다. 기술이나 사회의 변화에 대해서도 긍정적인 면보다는 부정적인 면에 더 집중해 때때로 나와 의견 충돌을 빚기도 했다.

우리의 머리가 컴퓨터라면, 말은 뇌라는 중앙처리장치(CPU) 안에 저장된 여러 정보 중에서 당장 필요한 정보를 검색하는 키워드와 같다. 그래서 긍정적인 말을 들으면 긍정적인 데이터가 뇌를 지배해 사물을 긍정적으로 보게 되고, 부정적인 키워드를 사용하면 그 반대가 된다. 말에는 이러한 힘이 있다. 따라서 부정적인 말을 삼가는 것은 물론, 부정적인 말을 자주 듣는 것도 피하는 것이 좋다.

나에게 좋지 않은 영향을 끼치는 사람들과 거리를 두겠다고 결심하고 나니, 내 약점을 위해주는 척하며 자주 언급하는 사람, 매사에 비판적인 사람, 별일 아닌 일로 갈등을 일으키는 사람, 종교나 정치 신념이 너무 강해 타인의 종교나 정치적 견해를 무시하는 사람과는 관계를 끊어야겠다는 용기가 생겼다. 그런 사람들이 분위기를 주도하는 모임에도 참석하지 않기로 했다.

심리학자 칼 융은 "우리 주위에는 우리를 해치려는 사람들이 있을 수 있지만, 자신이 허락하지 않는 한 피해를 입지 않는다"고 했으며, 미국의 저명한 목사인 존 파이퍼는 "우리는 자신의 삶을 멋지게 살기 위해 올바른 사람들과 함께해야 한다"고 했다.

전문가들은 관계 정리의 첫 방법으로 핸드폰에서 먼저 연락처를 지우라고 조언한다. 연락처를 지우는 동안 마음 안에서 거리감이 생기는 효과를 거둘 수 있다는 것이다. '만날 사람이 줄어들어서 고립될 정도면 어쩌지?' 같은 두려움은 한낱 기우에 불과하다. 누구에게나 주변에 '거리두기'가 필요한 사람이 그리 많지는 않을 것이기 때문이다.

한 사람의 어깨에 모든 책임을 지우지 마라

어느 점심 식사 모임에서 여행하며 겪은 일들이 화제에 오른 적이 있었다. 유복해 보이는 미모의 중년 여성 H는 거의 10년간 해외여행을 해보지 못했다고 말해 모두를 놀라게 했다. 그녀는 원하는 곳은 어디든 갈 수 있을 만큼 경제적으로 여유가 있지만, 치매로 투병 중인 시어머니를 모시느라 멀리 떠날 수 없었다고 했다. 남편이 어머니를 요양시설에 보내고 싶어 하지 않아 간병인을 집으로 부르는데, 시어머니가 많이 까다로우셔서 언제 어떤 일로 간병인이 도움을 요청할지 몰라 항상 집 근처에서 대기한다고 했다. 누가 정해준 건 아니지만 집에서 반경 4킬로미터 이내로만 외출하는 게 마음이 편하다고 말했다.

단지 가족이라는 이유로 어느 한 사람에게 부양은 물론 병간호까지 당연시하는 경우가 많다. 너무 많은 희생을 치르면서도 당사자는 좀처럼 하소연조차 하지 못한다. 가장으로서의, 장남 또는 장녀로서의 의무감 때문에 자기 인생을 제대로 누리지 못하는 사람을 많이 보았다.

오래 알고 지낸 K는 60대 초반에 공직에서 정년퇴직한 후 몇 년간 소식이 없었다. 한참 후 소문에 실려 온 그의 근황은, 암에 걸린 아내를 몇 년째 간호하느라 외출조차 편하게 못 한다는 것이었다. 젊은 시절부터 장남으로서 형제들 뒤치다꺼리하던 그가 은퇴하면 여행과 취미 생활을 실컷 해보고 싶다고 말하던 모습이 떠올라, 그 정도의 소박한 꿈도 통째로 날아간 것 같아 안쓰러웠다. 사람들은 그의 아내 사랑이 극진하다며 칭찬했지만, 나는 병든 가족 돌보는 일이 간단치 않음을 알고 있기에 그저 안타까운 마음이었다.

몇 년 후 그의 아내는 세상을 떠났다. 망자에게는 안됐지만 그에게는 그나마 다행이겠다 싶었는데, 곧이어 그의 어머니가 치매에 걸려 그가 간병을 맡았다는 소식이 들려왔다. 장남인 그가 동생들이 아내와 갈등이 없기를 바라서였다고 했다. 이어진 독박 병간호에 지쳐 몰라보게 변했더라는 말도 들을 수 있었다.

물론 아픈 사람이 더 고통스럽겠지만 가족의 병간호를 오롯이 한두 명의 가족이 책임져야 하는 현실은 무섭기까지 하다. 가족은 전체가 건강하고 별 탈 없을 때는 서로 쉽게 의지가 되어줄 수 있지만 누군가가 병들거나 사고를 치거나 특히 경제적 책임을 억지로 떠맡아야 하는 일이 벌어지면 균열이 생기기 쉽다. 그럴 때 가족 모두 무거운 짐을 골고루 나눠야 비교적 수월히 극복할 수 있는데, 한 사람이 모든 책임을 지게 되는 분위기라면 결국 희생자가 생긴다.

타의에 의해 자신을 희생하면 억울함이 남는다. 아무리 좋은 마음으로, 굳은 결심으로 시작했다 하더라고 훗날 자기도 모르게 그에 상응하는 보답을 바라게 되고, 흡족한 보답이 돌아오지 않으면 서로 관계가 불편해지기도 한다. 의무를 다하느라 적기를 놓쳐 독신으로 사는 장남이나 장녀의 인생은 누구도 보답해 줄 수 없다.

지난 시대에는 장남 또는 장녀가 가족을 부양하는 게 당연시되었다. 하지만 요즘은 유교적인 전통 가족주의에 개인의 권리를 존중하는 사고방식이 혼재되어 있다. 가사부터 가계 분담까지 어느 것 하나 불공평하게 느껴지면 가족이라는 관계가 깨지는 것 같다. 한 사람에게 치중된 과도한 부모 부양이나 가족을 위한 희생은 가족 해체로까지 이어지곤 한다.

언제나 옷을 잘 차려 입어 멋쟁이로 소문난 A가 초라한 행색으로 약속 장소에 나타난 날이었다. 다들 걱정돼서 "혹시 집에 무슨 일 있어요?" 하고 물었다. 그는 쑥스러운 표정으로 "아내가 급히 친정에 가면서 제 외출복을 안 챙겨놔서……"라며 말꼬리를 흐렸다. 그가 결혼 후 단 한 번도 자기 손으로 외출복을 챙긴 적이 없다는 것을 그때 알게 되었다. 아내가 자발적으로 챙긴 것인지, 그가 관심을 두지 않아 아내가 그 일을 감당하게 되었는지는 알 수 없지만, 아직도 이런 사소한 일까지 가족에게 전적으로 의지하는 사람이 있구나 생각하니 놀라웠다.

어린 시절 부모 대신 가족을 돌본 나는 가사 분담 문제만은 철저한 편이다. 남편의 불만이 꽤 컸지만 신혼 초부터 자기 일은 자기가 알아서 하는 게 원칙이었다. 두 아들도 어릴 때부터 연습시켜서 결혼 후 아들 부부가 가사일로 갈등하는 일은 없었다. 나는 가족을 나 자신과 동일시하거나 가족 전체를 위해 어느 한 개인이 희생하는 전통의 피해자가 바로 나라고 생각했기 때문에 누구에게라도 희생 복제를 시키고 싶지 않았다.

한 정신과 의사가 방송에서 집안에 아픈 가족이 있는 분에게 조언하는 것을 본 적이 있다. 통증에 시달리는 환자의 마음을 세심히 살피기 위해서라도, 먼저 간호하는 사람 스스로를 잘 돌보라는 것이었다. 죄책감 없이 맛있는 것도 먹고, 짬이 날 땐 바람도 쐬면서 스스로 행복한 기운을 불어넣으라고 했다. 대개 병간호는 장기전이기에 스스로 건강하고 원만하지 않으면 심하게 소진되다 환자에 대한 원망이 쌓이기 쉽다. 물론 각자 처한 현실에 따라 실천하기에 쉽지 않을 수 있겠지만 중요한 지점이란 생각이 들었다.

한 가정 안에서 독박 육아나 병간호로 희생되지 않으려면 그 일을 혼자서만 감당할 수 없다는 것을 단호하게 설명할 수 있어야 한다. 무조건 책임을 안 지겠다는 것이 아니라 골고루 분담해야 한다는 주장을 펴야 한다. 보통 어떤 의무가 주어지면 좋은 게 좋은 것이라는 생각으로 마지못해 받아들이거나 아예 책임에서 벗어나려고 엄한 핑계를 대거나 공격적인 반응을 보이는데, 이 모두 다 가족 공동체를 건강하게 유지하는 데는 도움이 되지 않는다. 물론 자기 자신에게도 바람직하지 않을 것이다. 내가 살아야 그도 살 수 있다.

소중한 추억은 함께 노력해야 쌓이는 것

그녀는 바빠서 엄마에게 제대로 전화 한 번 못 했다. 엄마가 전화했을 때조차 살갑게 받은 적이 별로 없었다. 번번이 용건만 간단히 말하고는 "바빠, 엄마!" 하며 급히 끊었다.

그러던 어느 날 그녀의 엄마가 타고 가던 자동차가 크게 찌그러질 정도로 대형 사고가 났다. 다행히 엄마는 많이 다치지 않았지만, 그녀는 그때 번쩍 정신이 들었다. 엄마에게 언제 무슨 일이 생길지도 모른다고 생각하자 눈앞이 캄캄해졌다. 돌이켜 보니 그동안 엄마와 특별한 추억 하나 만들지 못했다는 생각이 들었다. 그녀는 곧 휴직하고 단둘만의 여행을 계획했다. 엄마는 평생 자식 뒷바라지에 들어가는 돈을 벌려고 우유도 배달하고 신문도 돌리며 쉴 새 없이 일한 분이었다.

오래전 파라과이로 이민 간 남동생의 안부를 엄마가 늘 궁금해하던 게 생각나서 외삼촌도 만날 겸 여행지는 남미로 정했다. 그녀는 무려 77일간 엄마와 배낭여행을 하며 그때까지는 전혀 알지 못했던 엄마의 모습을 많이 알게 되었다. 여리기도 하고 천진하기도 한 엄마가 신기해 보였다. 여행 중 엄마는 "정말 행복해!"라는 말을 연발했다. 그녀는 태어나 처음으로 엄마에게서 '행복하다'는 말을 직접 들을 수 있었다. 모녀는 그렇게 세상에서 가장 아름다운 추억을 만들었다.

텔레비전을 통해 그들을 보며 나에게는 부모나 형제와의 특별한 추억이 없다는 생각이 들었다. 특히 어머니와의 추억은 거의 없다. 추억이라고 해봐야 약을 찾던 어머니에게 걸핏하면 짜증내던 내 모습이 전부다. 어머니는 내가 10대에 접어들자마자 병상에 누웠고, 10대가 끝나갈 무렵 세상을 떠나셨다.

영어 스피킹 클래스의 그날 주제는 가족과의 추억이었다. 50대 초반의 H가 "저는 둘째 아들이고 자식으로는 중학생과 고등학생인 두 아들이 있는데, 부모님이 저희 집에 오시면 할 얘기가 없어서 항상 맨숭맨숭하게 있다 돌아가시니까 마음이 불편해요"라고 말했다. 다른 회원도 "저희 집도 결혼한 형제끼리 모이면 할 말이 별로 없어서 어색해요"라고 했고, 외동아들인데 혼자 살고 있다는 한 회원은 "어머니가 제 집에 오시면 저는 아무 말 안 하고 어머니 혼자 열심히 잔소리하다 돌아가셔요"라고 했다.

나는 며칠 전에 텔레비전으로 본 모녀의 남미 여행 이야기를 들려주면서 가족도 공유하는 추억이 있어야 대화 거리가 생기는 것 같다고 말했다. 곳곳에서 맞장구가 쏟아졌다. 그런데 대학생인 한 회원이 "그럼, 추억이 없으면 어떻게 하죠?" 하고 물었다. "만들어야겠지요." 연장자인 내가 대답했다.

큰아들 신혼 때 반은 자유여행, 반은 패키지여행으로 다 같이 이집트에 다녀온 적이 있다. 일행이 모두 스물여섯 명이었는데, 우리 가족을 빼면 모두 영국, 캐나다, 미국, 호주 등에서 온 사람들이었다. 캐나다에서 온 한 커플은 유독 사이가 좋아 보였다. 둘 다 사진촬영이 취미라더니 차로 이동할 때마다 서로 상대와 사진을 견줘 보며 쉴 새 없이 대화를 나눴다.

여행하는 동안 그들과 친해진 나는 "두 분이 사이좋은 비결이 궁금해요" 하고 물었다. 그 남편은 "우리는 같은 동네에서 나고 자란 초등 동창이라 서로 잘 알긴 하지만, 부부로서 좋은 관계를 계속 유지하려면 공유하는 취미가 한두 개는 있어야 하는 것 같아요"라고 대답했다. 자신은 젊어서부터 사진촬영이 취미였고 아내는 댄스가 취미였다고 하면서, 자신이 먼저 10년간 아내의 댄스 클래스를 함께 다녔고 그 후 10년은 자신의 사진 클래스를 아내가 함께 다녀 지금은 자신도 댄스를 즐기고 아내도 프로에 버금가는 사진작가가 되었다고 했다. 같이 여행 온 변호사 부부와는 오랜 친구 사이인데, 부부 동반으로 매년 한두 차례씩 해외여행을 해서 공유하는 추억도 많아 만나면 할 말이 많다고 알려주었다.

우리 집은 종갓집이어서 어머니 생전에는 집 안이 항상 손님으로 북적거렸다. 병약한 어머니는 손님 치르기에 너무 지쳐 딸들에게 절대 집안 행사 많은 집으로는 시집가지 않았으면 좋겠다고 말씀하시곤 했다. 그 가르침은 잘 전달되었던 것 같다. 나의 시댁은 비교적 집안 행사가 간소한 개신교 집안이었다. 덕분에 여러 사람이 모여서 왁자지껄한 곳을 피하는 것에 자연스럽게 익숙해졌다. 점차 떠들썩한 모임은 나와 상관없는 일이 되었다. 친정 형제들도 각자 생업과 자신의 가정 돌보기에 바쁘다 보니 서로 얼굴 보는 일도 쉽지 않았다. 고립이 일종의 '나다움'으로 굳어진 셈이었다.

그러나 모녀가 단둘이서 남미 배낭여행을 다녀온 사연을 텔레비전으로 보고, 또 영어 스피킹 클래스에서 가족과의 추억을 주제로 이야기를 나누고 나서는 정신이 번쩍 났다. 우리 집은 형제 모임의 구심점이 되어줄 부모가 안 계시고, 맏이인 나는 왁자지껄 모이는 것을 좋아하지 않으니 가족 간의 추억을 만들

기회가 없었다. 가끔은 가족인지 남인지 구분이 안 갈 정도였으니 가족의 정서도 메마르는 것 같았다. 지금부터라도 바로잡고 싶은 마음이 간절해졌다.

늦었지만 형제들과 아름다운 추억을 만들려고 차례로 여행을 떠나기로 했다. 먼저, 남동생 부부와 그리스에 다녀왔다. 내가 몰랐던 그들의 밝고 화기애애한 모습을 보니, 동생이 성장하는 동안 그런 모습을 더 많이 보지 못한 것에 아쉬운 마음이 들었다. 여동생과는 이탈리아에 다녀왔다. 서로 너무 달라 싸움도 많이 했지만 시간이 갈수록 기억에 남는 좋은 추억을 만들 수 있었다.

두 아들과는 비교적 자주 여행하며 추억을 쌓아왔다. 나는 뉴욕의 큰아들 집에 가면 가사와 육아, 직장 생활이라는 삼중고로 데이트 시간을 낼 수 없는 아들 부부를 위해 손녀를 돌본다. 언젠가 아들 부부에게 당시 뉴욕에서 가장 인기가 높던 뮤지컬 〈해밀턴〉의 티켓을 선물하고는 손녀를 나에게 맡기라 하고 둘이서 외출하게 했다. 작은아들 부부에게도 가끔은 주말에 나에게 손자를 맡기고 데이트하라고 할 생각이다.

나는 자식들에게 물건을 선물하기보다는 이런 식으로 추억거리를 선물하기 시작했다. 다행히 받는 사람들도 만족도가 높다. 결혼 후 자주 만나기 어려운 두 아들의 가족과도 한데 모여 추억을 쌓을 수 있는 기회를 종종 만들고 싶다.

가족은 삶의 많은 부분을 공유하기 때문에 저절로 좋은 추억이 쌓일 거라고 오해하기 쉽다. 안타깝게도 나쁜 추억은 저절로 생기지만 좋은 추억은 일부러 쌓으려고 하지 않으면 좀처럼 생기지 않는다. 가족 간에는 허물이 너무 없어서인지 안 좋은 일들로 얼룩지기 쉽다. 가족끼리 옛 추억을 이야기하다가 그때 네가 잘했느니 잘못했느니 하며 감정싸움으로 치닫는 경우를 주변에서 심심치 않게 보았다. 반면에 지난 상처들을 끄집어내지 않으려고 옛이야기를 삼갔더니 오랜만에 만나도 할 이야기가 없어 맨숭맨숭했다는 사람들도 있다. 좋은 추억은 쌓으려고 노력해야 생긴다는 점을 이제라도 인정하고, 서로 추억 쌓기에 동참해 보는 건 어떨까?

3장

기꺼이, 부드럽게 변화를 껴안기

되돌릴 수 없는 일엔 미련을 두지 말기

"그 땅 말이에요, 지금은 900억 주고도 못 산대요."

강원도 원주에서 근무하던 시절에 1만 평짜리 과수원을 구매한 적이 있다. 바로 그 땅 이야기였다. 당시에 나는 홀로 계신 '성격 괴팍한' 아버지가 늘 마음에 걸렸다. 한집에 모시고 살 수는 없는 상황이라 지근거리에 살면 급할 때 대책을 세울 수도 있으니 좋겠다고 생각했다. 게다가 결혼해서 아이가 있는 여자 아나운서의 앞날은 풍전등화와 마찬가지였던 시절이라, 내가 직장 생활을 언제까지 더 할 수 있을지도 알 수 없던 때였다. 아이들의 유치원 교사와 친해져서 은퇴하고 유치원을 운영하면 어떨까 생각하던 참이기도 했다.

어느 날, 그런 내 생각을 잘 알고 있던 지인이 유치원을 만들면 좋을 법한 과수원이 매물로 나왔다고 알려주었다. 저수지 근처인데 큰길에서 가까운 데다 사과와 배 수확도 잘되는 과수원이라며, 땅이 비옥해서 주말 농장으로 임대해도 수익을 낼 수 있을 정도라고 했다.

일단 아이들과 함께 과수원에 가보았다. 아이들은 앵두나무와 재래식 아궁이, 소가 있는 외양간, 열매가 주렁주렁 열린 과실나무 등을 보며 매우 좋아했다. 나 역시 금세 매료되어 그 땅을 사기로 결정했다. 모아둔 돈을 탈탈 털고, 아버지의 노후 자금까지 끌어모았는데, 워낙 덩치가 큰 편이라 그래도 자금이 약간 모자랐다. 형제들에게 빌리고 농가를 세내면 거기서 나오는 수익으로 조금씩 갚을 수 있을 것 같아서 그렇게 진행했다.

벅찬 기대가 우려로 바뀌는 데는 그리 오랜 시간이 걸리지 않았다. 우리는 농사에 대해 전혀 알지 못했고, 농가를 임대한다는 것도 만만치 않은 일이었다. 땅을 비워놓을 수는 없으니 비용을 받지 않더라도 농사지을 사람을 찾으려고 했지만 적당한 사람이 나타나지 않았다. 거의 1년을 빈 땅으로 둘 수밖에 없었는데, 금세 풀이 무성하게 자라 과수원이 점점 폐허로 변하는 것 같아 마음이 몹시 무거웠다.

다행스럽게도 다음 해에 간신히 농사지을 사람을 찾았다. 행운이 아닐까 싶을 정도로 그는 농사를 아주 잘 지었고, 수확철

마다 실컷 먹을 정도로 배를 보내주어 한 시름 놓을 수 있었다. 그후 몇 년이 지나자 우리 부부의 상황이 변해서 둘 다 서울로 근무지가 바뀌었다. 임차인이 당분간 떠나지 않겠다고 해서 우리는 모든 것을 맡기고 서울로 이사했다.

그러고 얼마 후, 나는 아이들과 함께 미국으로 떠났다. 남편은 한가한 것을 못 참고 항상 뭔가를 해야 하는 편이었는데, 가족이 함께 있지 않은 사이에 큰일을 저지르고야 말았다. 회사 선배가 퇴사 후 차린 잡지사 일을 적극적으로 돕기로 한 것이었다. 생각보다 너무 깊이 개입하다 보니 자본금이 부족한 상황이라는 것을 알게 되었고, 급기야는 나에게 상의도 없이 우리 땅을 담보로 제공했다!

말이야 쉽겠지만, 직장 생활을 하던 사람이 잡지사를 차려서 성공하기란 하늘의 별 따기 같았을 것이다. 남편의 선배는 2년을 겨우 버티다가 여기저기 빚을 남기고 잠적했고, 우리 땅은 금융기관으로 덜컥 넘어갔다. 그로부터 몇 년 뒤 귀국한 나는 그제야 상황을 파악할 수 있었다.

땅의 소유권이 넘어간 지 한참 지난 뒤였지만, 오랜만에 나를 만난 지인은 "이제 그 땅 900억 주고도 못 사요. 시청 이전이 끝나면 상가들도 들어설 테니 떼부자가 될 수도 있는 땅이라니까요"라며 우리가 그 땅 잃은 것을 자기 일처럼 안타까워했다. 깜짝 놀라 알아보니 때마침 원주에는 도시가 개발되고 확장되면서 우리가 샀던 과수원 옆으로 시청이 이전될 예정이었다.

내 상황을 알게 된 지인들은 "대체 미국엔 왜 갔니? 그 땅 지켰으면 평생 돈에 파묻혀 살 수 있었을 텐데……"라며 나보다 더 아까워했다. 나 역시 그런 말을 들을 때마다 마음이 복잡했다. 가뜩이나 그때는 내가 『살아보고 결혼합시다』라는 책을 출간한 직후였고, 그 책 때문에 남편과 다소 사이가 멀어진 시기였다.

나는 미국에 가지 말았어야 했나를 수십 번 곱씹었다. 10대 때 어머니가 돌아가신 이후로, 잘살던 친정이 폭망하는 과정을 겪었기에 한순간의 영화나 행운 같은 것에 미련 두는 것이 얼마나 허망한지를 알고 있었지만, 그래도 마음을 다독이기는 쉽지 않았다.

당시에는 그때그때 벌어서 아이들 학비를 보내야 했던 때라 지나간 것에 미련을 붙들고 있을 겨를도 없었다. 어쩌면 분주한 상황이 다행이었는지도 모른다. 내가 비싼 땅 주인으로 남아 여유 부리며 산다는 것이 점점 비현실적으로 느껴졌다.

그러나 아이들 학비 마련이 제때 안 되어 발을 동동 구를 때면 나는 남편에게 전 재산을 맡기고 미국으로 떠난 일, 당시로서는 매우 도발적인 제목의 책을 낸 일 등을 곱씹으며 후회하고 또 후회했다. 물론 나도 이미 오래전부터 알고 있었다. 이미 저지른 일들은 절대 되돌릴 수 없다는 것을. 사랑이 식은 연인은 절대 돌아오지 않고, 잃어버린 돈이나 물건, 우정 같은 것은 돌이킬 수 없다는 것을. 되돌아오길 기대하는 건 단지 나만의 소망일 뿐. 그런데도 나는 상당히 오랫동안 소용없는 일로 자신을 괴롭혔다.

지인 K는 힘든 일을 겪어도 금세 훌훌 털어버리는 성격이라 나는 항상 그녀가 부러웠다. 사업가와 결혼한 그녀는 모두가 부러워할 만한 성공을 거두었으나 사업을 과도하게 확장하다가 IMF 외환위기 때 쫄딱 망하고 말았다. 친구들은 그녀가 연락을 끊고 두문불출할 거라고 말했는데, 그녀는 달랐다. 가계를 유지하기 위해 바로 돈벌이를 시작했다. 과외, 번역, 심지어 편의점 알바 등 투잡, 쓰리잡을 마다하지 않았다.

나라면 화가 나고 불안해서 잠도 잘 안 올 것 같았다. 그러나 그녀는 만날 때마다 웃으면서 "나는 그래도 한때 사모님 대접받으며 떵떵거리고 살아봤잖아요? 이제는 다 내려놓고 편하게 살기로 했어. 과외하니까 젊은 애들 만날 수 있어 좋더라고요" 라거나 "가정주부로만 살았으면 모를 현실세계를 알게 해주니 얼마나 좋은지 몰라요" 같은 말로 우리를 감동시키곤 했다.

심지어 두 딸에게 과외 한번 못 시켜주었지만 속 썩이는 일 없이 원하는 대학에 수월하게 입학해서 오히려 행복하다고 말했다. 이미 벌어진 상황에 현재를 매몰시키지 않고, 지금 할 수 있는 일에 최선을 다하는 그녀의 모습이 두고두고 기억에 남았다.

그녀의 초긍정 마인드가 부러웠지만 나는 그녀처럼 행동하지 못했다. 두 아들이 무사히 대학을 마치고 자기 앞가림을 하기 시작하면서야 잃어버린 것에 대한 미련이 조금씩 엷어졌다. 공기가 흔적을 드러내지 않고도 생명을 죽이거나 살리는 것처럼, 생각이란 것은 손에 잡히지도 눈에 보이지도 않지만 내 행동의 방향을 단숨에 바꿀 만큼의 큰 힘을 가진 것임을 나는 그 과정에서 깨달았다.

가끔 사람들에게 잃어버린 원주 땅 이야기를 들으면 나는 이제 그냥 웃으면서 "나하고 돈은 인연이 없는 모양이지" 하며 편하게 말할 수 있다. 아깝고 분해도 잃어버린 것에 대한 미련은 나만 상하게 할 뿐 문제해결에 전혀 도움이 안 됨을, 마음에서 빨리 털어낼수록 회복탄력성을 유지할 수 있음을, 지난 일에 대한 미련을 떨치지 못하는 이들에게 분명히 말해 줄 수 있을 정도로 마음에서 털어냈다.

흘러간 실수나 오판, 암울한 미래에 대한 걱정을 양어깨에 짊어지고 힘겹게 살 필요가 없다는 쪽으로 생각을 옮기자, 내 마음에 살포시 바람이 통하는 것 같았다.

내일의 걱정을 가불하지 않겠다

“아직도 불안해?”

“담당 의사가 여행 다녀도 괜찮다고 아직 말해 주지 않아서요.”

“치료한 지는 꽤 됐잖아?”

“아직 완치는 아니래요.”

여행을 좋아하는 후배 L은 내가 해외로 여행을 떠날 때마다 함께 가고 싶은데 건강 문제로 어렵다며 아쉬워하곤 했다. 예전에 머릿속 핏줄 한 곳에 미세한 꽈리가 생겼고, 좀처럼 없어지지 않아 10년 넘게 관리하고 있다고 했다. 그동안 다행히 악화되지 않았지만 고도가 바뀌거나 하는 충격이 있으면 여행 중에 악화될 수도 있다는 의사 소견 때문에 멀리 떠날 엄두를 내지 못했다. 건강 문제는 누구도 장담할 수 없는 일이라 매번 "같이 못 간다니 아쉽네"라고 할 수밖에 없었다. 가깝고 안전한 곳이라면 가끔은 좀 용기를 내도 좋지 않을까 하는 생각이 들지 않는 건 아니지만 말이다.

지병이 있는 L의 경우와는 약간 다르지만, 최근에는 의학 상식을 얻을 수 있는 경로가 이전과는 비교가 안 될 정도로 다양해져서 덩달아 건강 염려증으로 고생하는 사람들도 많이 생겼다. 30대 후반의 원자력 엔지니어인 C는 특별한 징후가 없음에도 1년에 1~2회 건강검진을 받지 않으면 불안하다고 했다. 아무래도 자신이 하는 일 때문에 걱정이 큰 것 같았다. 직장 일과 외부 활동으로 너무나 바쁜 나날이지만 병원 가는 시간은 절대 빼놓지 않는다고 하면서, 더 나이 들기 전에 난자를 냉동해 두기로 마음먹어서 올해부터는 병원 출입이 더 잦아졌다고 고백했다.

요즘에는 누구나 저마다 의학 상식을 갖추고 있는 데다, 전문가 버금갈 만큼 지식이 풍부하다. 반면 그만큼 괜한 걱정으로 고생을 사서 하기도 한다.

이런 일에 비판적인 나도 사실은 걱정이 많아, 일상에서 안 해도 될 걱정으로 자주 불안해하곤 했다. 이를테면 가까운 사람과 문자메시지를 주고받을 때 답장이 바로바로 오지 않으면 상대에게 무슨 일이 생긴 게 아닐까, 불길한 생각부터 하면서 조바심을 내곤 했다. 내가 보기에 위험한 일 같으면, 가족들의 일이라도 사실 여부를 떠나 시도조차 못 하게 막는 것을 나의 역할이라고 믿기도 했다.

작은아들이 프랑스에서 유학하던 시절의 일이다. 어느 날, 아들이 프랑스인 친구들과 아프리카 콩고로 배낭여행을 가려 한다고 말했다. 당시에 콩고는 내전 중이어서 덜컥 걱정이 됐다. 현장 상황은 잘 알지 못했지만, 내전 중이라면 안전하지 못할 게 불 보듯 뻔하다고 생각했다. 게다가 무정부상태라고 해도 과언이 아닌 곳에 갔다가 어떤 참극이 벌어지는지를 뉴스를 통해 종종 봐왔기에 절대로 허락할 수 없었다. 웬만한 일에는 반대한 적 없던 나도 그것만은 결사적으로 막았다.

하지만 결과적으로 내 걱정은 기우에 불과했다. 친구들은 무사히 여행을 다녀왔고 아들은 겁쟁이라 놀림을 받았다. 그때 나는 내가 정상이고 프랑스 엄마들은 지나치게 배포가 큰 거라고 생각했다. 아들은 그 후로 종종 "아무리 쿨한 척해도 엄마는 영락없는 '한국 엄마'야"라며 놀려댔다.

군 입대 때도 비슷한 일이 있었다. 작은아들은 어릴 때부터 미국에서 공부한 터라 한국의 실정을 잘 알지 못했고 몸도 허약한 편이었다. 그런 아이가 입대를 하니 논산 훈련소에서 입소식을 마친 후 돌아서는 발걸음이 잘 떨어지지 않았다. 내가 대신 들어가고 싶을 정도였다. 아들이 예전에는 '공수부대'라 불린 특수전에 배치됐다는 연락을 받았을 때는 거의 기절할 뻔했다. 유학 시절, 힘센 미국 아이들과 나란히 장거리달리기를 하다가 가슴을 부여잡고 주저앉았던 아이가 어떻게 특수전에서 견딜 수 있을지 너무 걱정되었다.

다행히 어학병으로 입대해서 본부에 배치되긴 했지만, 낙하산과 라펠 타기가 의무라는 곳에서 과연 아들이 잘 버틸 수 있을지 밤낮으로 걱정했다. 군대에서 밥을 제대로 먹을지도 걱정이었다. 초등학생 때 과학 캠프에 가서는 비위가 약해 3박 4일을 꼬박 굶고 파리한 모습으로 돌아온 적도 있는 아이였기에 더 그랬다.

그나마 다행한 일은 서울 시내에 있는 부대 본부에 배치되었고 이곳이 집에서 차로 30분 정도면 갈 수 있는 곳이라는 점이었다. 주말마다 면회가 허용되어서 나는 매주 아들에게 먹일 음식을 바리바리 준비해 달려갔다. 아들은 점차 부대 밥에 적응했지만 내 걱정은 그대로였기에 주말의 음식 나르기를 중단하지 못했다. 몇 달의 적응 기간을 보내고 낙하산과 라펠 타는 실전 훈련을 했는데, 훈련 기간 동안은 일절 면회가 금지되었다. 그나마 진정되던 내 걱정은 다시 커지기 시작했다.

마침내 실전 훈련이 끝나는 날, 다시 면회실을 찾아 조마조마한 마음으로 아들을 기다렸다. 면회실로 들어온 아들이 쉰 목소리로 "엄므아아……"라고 입을 떼자 울컥하며 눈물이 핑 돌았다. 아들은 내가 준비해 간 음식을 맛있게 먹으면서 어린 동료들 사이에서 낙하산을 매고 제일 먼저 비행기에서 뛰어내렸다고 씩씩하게 말했다. 더 이상 징집이 연기되지 않는 만 28세에 입대해서 동기들과 적게는 여섯 살, 많게는 열 살 차이가 나서 별명이 '조상님'이었다며 별명 값을 해야 했다고 말하며 웃었다.

내가 미리 걱정하건 말건 결과가 같으리라는 것을 그때 절실히 깨달았다. 그러나 오랜 습관이 하루아침에 사라지지는 않는 법. 그 이후에도 나는 걱정으로 노심초사하는 태도를 버리지 못했다.

어릴 때부터 동생들의 안전은 나에게 달려 있었고, 지병으로 오래 고생하다 세상을 떠난 어머니로 인해 가족 중 누군가를 갑자기 잃는 상황이 생길지 모른다고 늘 걱정했다. 치료비 때문에 가정형편이 어려워진 적도 있었고, 그렇기 때문에 가족관계는 언제든 무너질 수 있을 정도로 얄팍하다고 믿게 되었다. 나는 항상 최악의 상황을 상상했다. 그렇다고 치밀하게 준비하는 성격도 못 되어서 걱정만 안고 살았던 것 같다.

냉정하게 들여다보니 내가 했던 걱정이야말로 매우 비생산적인, 한낱 '가불된' 고통이었다. 물론 인생은 예측 불허의 긴

여정이어서 누구라도 미래가 걱정될 것이다. 지금은 잘 살고 있지만 AI의 등장 같은 기술의 혁신으로 갑자기 직장이 사라질까 봐 걱정이고, 지금은 공부 열심히 하고 부모 말 잘 듣는 초등생 자녀가 사춘기에 접어들면 어떻게 변할지 걱정이며, 지금은 열심히 저축하고 있지만 인플레이션이 심해지면 돈 가치가 낮아질까 봐 걱정될 것이다. 지금은 잘나가고 있지만 삐끗하면 남들보다 뒤처질까 봐 걱정일 수도 있다.

걱정을 미리 한다고 미래의 걱정거리들이 소멸되거나 원하는 대로 미래가 바뀐다면 나도 굳이 말릴 생각은 없다. 하지만 불행하게도 '걱정 가불'은 마음과 몸을 상하게 할 뿐 문제해결에는 어떤 도움도 되지 않는다. 오히려 일어나지 않은 일에 대한 노심초사로 잘될 일을 엉뚱한 방향으로 몰아 그르치게 할 가능성이 더 높다. 월급 가불도 안 좋지만 걱정 가불은 더 안 좋다고 생각하는 게 정신 건강에 필요하다.

나는 가끔 드나들던 병원 출입마저 더 줄이고, 문자메시지에 답장이 늦어도 조바심 내지 않으려고 노력하게 되었다. 일어나지 않은 일에 대한 걱정을 가불하지 않고, 시간을 조금씩 늘려서 결과를 기다려보는 셀프 트레이닝을 시작했다. 가장 좋은 방법으로는 걱정거리를 글로 적어 객관화하는 것이었다.

만약 누군가에게 문자메시지를 보냈는데 즉각 답이 오지 않으면 조바심을 내기 전에 '나라면 어떤 일로 바로 회신을 못 할까'를 노트에 나열해 보았다. 상대가 어떤 경우에 해당할지를 추측하면서 답변을 기다리는 시간도 체크했다. 처음에는 3분이 30분처럼 길게 느껴졌다. 겨우 3분밖에 안 지났는데 불안해졌다면 나 자신에게 "겨우 3분밖에 안 지났네?"를 말로 들려주고 조금씩 기다리는 시간을 늘렸더니 서서히 효과가 나타났다.

예전에는 걱정이 있어도 남에게 알리기 꺼려져서 무조건 혼자 고민하며 속으로 감추었는데, 이제는 신뢰할 만한 사람에게 털어놓고 의견을 듣는다. 객관화하기 어려운 걱정거리도 타인을 통하면 좀 더 냉정하게 바라볼 수 있어 생각보다 큰일이 아님을 인지하기 쉽다. 이것이 바로 셀프 트레이닝의 효과다.

이제는 걱정 가불로 불안해하는 이들을 보면 적극 말리고 싶다. 대개 막연한 걱정은 실체보다 더 크게 느껴지고, 필요 이상으로 노심초사하게 만든다. 냉정하게 객관화하면 생각보다 크지 않음을 알 수 있으므로 걱정의 실체부터 파악해 보라고 권하고 싶다. 그 과정을 거듭하다 보면 '걱정 가불'이 '걱정 소멸'과 전혀 관계가 없음을 인정하게 될 것이다. 세상만사, 모두 한 끗 차이다. 생각을 바꾸면 걱정도 저절로 줄어든다.

어제보다 조금 더 배짱을 부려보겠습니다

젊었을 때 나는 주위 사람들에게 배짱 있다는 말을 종종 들었다. 그도 그럴 것이, 아나운서 입사 동기들이 암묵적인 사회 기준에 따라 결혼과 동시에 대부분 사직했을 때에도 20년 넘게 직장 생활을 버텨냈고, 마흔이 넘어서는 홀연히 회사에 사표를 던지고 대책도 없이 미국으로 건너갔으니 말이다.

인생에서 큰 사건들에 대해서는 그렇게 과감했지만, 정작 나는 일상생활에서는 전통적인 규범의 선을 넘을 만한 배짱을 갖지 못해 고달프게 살았다. 명절마다 직장 상사와 동료의 '심기'를 거스르지 않기 위해 자리를 비우기 전에 일처리를 빈틈없이 해두어야 했다. 동시에 기저귀 차던 연년생 두 아들을 데리고 우리가 살던 원주에서 시댁이 있는 인천까지 버스와 기차를 여러 번 갈아타고 다녀오면서도 군소리 한 번 못 했다. 시댁에 도착해서는 가방을 마루에 내려놓자마자 아궁이가 있던 부엌으로 들어가 제사 준비를 했다. 직장에서는 남자 직원들과 달리 허드렛일만 맡아도 항의하지 못했다. 모처럼 격식 있는 파티에 초대되어도 아이들을 맡기고 다녀올 엄두를 내본 적이 없다. 남들에게는 배짱 있게 사는 게 중요하다고 주장하던 나였기에, 나 자신은 정말로 그렇게 살고 있는지 씁쓸하게 되묻곤 했다.

배짱을 갖고 사는 사람들이 부러웠다. 타인의 눈총에 순응하는 태도를 버리고 소심한 배짱이라도 내보겠다는 생각을 자주 했지만 실행은 거의 못 했다. 은퇴 후 몇몇 모임에 가입해 나보다 젊은 친구들을 만나보니 많은 사람들이 사회적으로 부조리한 일에 대해 "그렇게 하면 안 된다"고 서슴없이 말했다. 나는 그렇게 해본 적이 거의 없는 것 같아 위축된 적도 있다.

이제라도 배짱 있게 살고 싶다는 생각은 『집단 착각』이라는 책을 읽으면서 굳혔다. 하버드대학교 교수인 토드 로즈가 쓴 이 책의 앞부분에는 버지니아 울프의 문장이 인용되어 있다. "일단 순응하고 나면 다른 사람들이 다들 그렇게 한다는 이유로 남들처럼 해서 모든 섬세한 신경과 영혼의 요소들이 무기력에 잠식당한다. 겉으로 보이는 것만 남고 내면은 무기력해진다."

어린 나이에 어머니를 잃고 성년이 되자마자 아버지마저 여읜 후 고독하게 살던 그녀였지만 용기 있는 책들을 내면서 여자가 잘하지 못한다고 인식되었던 분야에서 다양한 업적을 남겼다. 그녀의 용기를 닮아보려 했지만 그 근처에도 미치지 못해본 나로서는 본문을 읽기도 전에 이 문장에 먼저 끌렸다.

그 글을 읽다 보니 지방 방송국에서 일할 때의 일이 떠올랐다. 인터넷이 없던 시절에 전화로 간단히 의료 상담을 하는 생방송 라디오 프로그램을 진행한 적이 있다. 의료 정보를 쉽게 얻지 못하던 때라 짧은 전화 상담으로도 도움이 된다는 사람들이 제법 많았다. 그러나 방송 시작 후 첫 전화가 연결되지 않으면 방송이 끝날 때까지도 전화가 한 통도 안 와서 종종 진행이 곤란할 때가 있었다.

방송이 시작된 후 한참 지나고 나서 첫 전화가 연결되면 이번엔 전화가 연이어 와서 방송이 끝난 후까지 밀려들었다. 신기하게도 매번 같은 상황이 반복되어 이런 진행 방식을 지속해야 하는지 스태프들이 회의를 느낄 정도였다. 존폐 결정을 놓고 수차례 의논을 거듭한 끝에 나온 대안은 방송국 직원의 가족과 친지, 지인을 동원해 보자는 것이었다. 결과는 대성공이었다! 물꼬가 트이자 전화가 빗발쳤다. 누구라도 먼저 전화해서 물어보면 되는데 왜 다들 첫 전화를 꺼리는지 정말 궁금했다.

이런 일은 강연을 하러 갔을 때도 자주 목격되었다. 강연 시간이 다 되어 들어가 보면 앞쪽 몇 줄은 항상 비어 있었다. 일찍 도착한 사람들은 강연장 중간쯤 앉거나 앞자리라고 해도 중앙이 아닌 좌우의 자리를 선택했다. 그래서 사람이 많을 경우에는 지각한 사람이 오히려 가장 잘 보이고 잘 들리는 자리를 차지했다. 강단과 가까운 앞자리 중앙에 앉으면 더 잘 들을 수 있는데도 거기에 앉을 배짱이 없는 사람들이 그만큼 많았던 것일까?

우리 사회는 개인보다 집단을 중요시해서 튀는 것을 부정적으로 보는 경향이 많다. 남들과 다른 생각을 말하면 비난받거나 심한 경우 불이익까지 당하곤 한다. "모난 돌이 정 맞는다"는 속담은 어디에서나 사용된다. 아마도 그런 전통적인 사회 분위기가 개인의 배짱을 많이 움츠러들게 해 이런 모습이 자주 보이는 것 같다.

그러지 말아야 한다고 생각은 하지만 나 역시 남들이 "안 돼! 위험해!"라고 경고하면 선뜻 해볼 용기를 내보지 못했다. 사회가 변하고 사람들의 인식이 바뀌면서 타인의 눈총이나 비난에 아랑곳하지 않고 남들이 가지 않는 길을 개척해 새로운 트렌드를 만들어내는 사람들이 늘어나는 걸 보면서 사소한 배짱 하나 부리지 못한 나 자신에게 화가 났다.

"연세도 꽤 되시는데 어떻게 그런 일을 선택하셨어요?" "그 나라 여행은 좀 위험하지 않나요?" "화려한 옷차림은 너무 튀니까 남들이 힐끔거리지 않을까요?" 사회적인 이슈도 아닌 개인적인 선택마저 주변 눈치에 휘둘리는 것을 당연하다고 여기며 살아온 것을 반성했다. 그래서 나도 모임에서 목소리 큰 사람의 결정을 무조건 따르거나, 올드 머니 룩이 대세인데 '나만 꽃무늬 옷 입었네?' 하며 어색해하지 않기로 했다.

그야말로 배짱 있게 살기로 작정한 것이었다. 그러고 얼마 후 댄스 클래스에 등록했다. 첫 수업에서 강사가 "앞에 서세요" 하고 외쳤는데 아무도 자리를 바꾸지 않았다. 앞은 비었고 뒤는 사람들로 비좁은 상태였다. 다들 "제가 잘 못해서 앞에 서면 방해가 될 것 같아요"라며 손사래를 쳤다. 클래스에 오래 다닌 이들은 "전 오래 다녀서 뒤가 편해요. 새로 오신 분들이 앞에서 잘 배우셔야죠" 하며 양보하듯이 피했다.

나에게도 앞서 나가지 않는 '겸손'이 굳어져 있었지만 용기를 내어 맨 앞으로 나가보았다. 댄스 클래스는 처음이어서 타인에게 피해가 가지 않도록 공간을 가급적 좁게 쓰려고 노력했다. 앞자리에 서는 초보자를 향해 때로는 "눈치가 없네", "배짱 좋네" 하며 뒷담화하는 사람들이 있다고 들었지만, 신경 쓰지 않고 앞에 나가서 배우니 남들보다 진행이 빨라 좋았다. 생각대로 해보니까 마음도 홀가분했다. 앞으로는 무엇을 배우건 일단 앞줄에 서보겠다고 결심도 했다. 뒷담화는 뒤의 담화일 뿐. 내가 직접 안 들으니 상관없다는 배짱으로 말이다.

그렇게 엄마가 된다

내가 방송사에서 일할 때의 이야기를 들려주면 젊은 후배들은 빠짐없이 "진짜요? 말도 안 돼요"라며 반문한다. 불과 몇십 년 전 일이지만 내가 입사했을 때만 해도 여자 아나운서는 결혼하면 회사를 떠난다는 암묵적인 조건을 받아들여야 했다.

굳이 회사가 그런 조건을 내세우지 않아도 부모가 허락하지 않아 결혼과 동시에 퇴사한 경우도 많았다. 결혼 후에도 회사에 남으면 가정 형편이 지독히 어려워서 그러나 보다 하며 안쓰러워하거나, 유별난 사람으로 찍혀 눈엣가시 취급을 받곤 했다.

아버지는 개방적인 편이셔서 우리 자매가 전업주부로만 살기를 바라지는 않으셨다. 종갓집의 가사 노동이 버거웠던 어머니도 마찬가지여서 "살림하는 방법을 배워두면 살림만 하는 여자가 된다"며 우리에게 바느질이나 요리 같은 집안일을 전혀 가르치지 않고 잔심부름 정도만 시키셨다. 이를 못마땅해하신 할머니만이 우리가 눈에 띌 때마다 "그래 가지고 계집애들이 시집이나 가겠느냐?"며 마음에 안 든다는 듯 혀를 끌끌 차곤 하셨다.

그런 분위기에 익숙했던 나이기에 직장을 그만두고 전업주부가 되는 것은 상상조차 해보지 못했다. 아마 그것이 내가 눈치 없어 보일 줄 알면서도 임신 후 사표를 내지 않고 버틴 이유였을 것이다. 물론 경제적인 이유도 있었다. 시댁 형편이 넉넉지 않아 남편은 본가에 생활비 일부를 보내야 했고, 나 역시 동생들 학비를 얼마간 보태야 했던 때였다.

배짱이 좋은 편이기는 했지만 배가 불러올수록 나를 보기를 거북해하는 남자 상사와 선배 들을 견디는 건 쉽지 않았다. 가끔은 대놓고 "임신한 몸으로 근무를 하고 싶냐"며 퇴사를 압박하는 사람들도 있었다. 궁지에 몰린 쥐가 고양이를 문다고 했던가. 나는 "아나운서가 무슨 성모마리아라도 되나요?"라거나 "그런데 성모마리아도 아기는 낳으셨잖아요!" 하며 화를 내며 치받곤 했다.

그런 환경 속에서 두 아이를 연년생으로 낳은 건 무지의 결과였다. 아이를 낳은 후에는 호르몬의 영향으로 배란이 안 된다는 것을 몰랐던 것이다. 임신 전과 달리 생리를 하지 않길래 무슨 문제가 생겼나 싶어 병원에 갔더니 의사가 "걱정 마세요. 주사 한 방 맞으면 해결돼요"라며 주사를 놓았다. 결과적으로 연이어 아이가 생겨 큰아이 돌 다음 달에 작은아이를 낳았다.

당시에는 지역 방송국에서 근무했는데, 다행스럽게도 출산 직후 사표 내라는 압박이 상대적으로 느슨한 편이었다. 대신 출산휴가가 딱 4주였고, 그것도 내가 진행하던 프로그램을 대신 해 줄 사람을 직접 구해두어야 했다. 훈련이 안 된 사람에게 방송을 맡길 수는 없으니 쉽게 해결하기는 어려운 문제였다. 우왕좌왕하던 내가 너무 딱해 보였는지 선배 몇 분이 나서서 윗분들을 설득했고, 성우 한 명을 임시직으로 뽑아서 훈련시켰다.

더 큰 문제는 육아였다. 어머니가 안 계시는 데다 가족들과 떨어진 객지라서 도움을 청할 수 있는 사람이 하나도 없었다. 시댁 역시 멀었다. 시어머니가 오가며 돕겠다고는 하셨지만 형편이 여의치 않았다. 둘째 출산 때는 시어머니가 산바라지하러 오시면서 대학을 막 졸업한 막내딸을 데리고 오셨다. 아무래도 마음이 편하지만은 않은 상황이었다.

한번 구한 가사도우미는 그만둔다는 말이 나오지 않도록 최선을 다해 섬겨야 했다. 가끔은 가사도우미가 왜 화가 났는지 말도 안 하고 "아, 저 내일부터 출근 못 해요"라며 나를 당황하게 했다. 그럴 때는 온 동네를 다 뒤져서 간신히 대타를 구해야 했다. 그러고 나면 너무 지쳐 바이올린 연주 음악을 틀어놓고 방구석에 앉아 소리 죽여 울었다. 내가 바이올린을 좋아하는 건 그 소리가 내 울음소리를 감추어주기 때문 아니었을까.

요즘 육아와 가사, 직장 생활을 훌륭하게 병행하는 여성들을 보면 내 마음까지 흡족하다. 하지만 지나치게 육아에 몰입해 마음고생이 심한 모습을 보면 안타깝다. 그 길을 먼저 걸어본 사람으로서 힌트를 드린다면, 엄마가 감당할 수 있는 수준 안에서 뒷바라지해야 자식도 자기 기량을 극대화할 수 있다는 것이다. 아이 때 너무 많은 것을 시키면 엄마도 지치지만 아이도 질리고 지쳐서 부모가 원한 만큼의 결과를 얻지 못할 수 있다. 이런 점을 감안하고 마음 편하게 자기 삶을 일구는 여성들이 많아지기를 희망한다.

일단 한번 해봐,
언제든 새 길이 열릴 테니

저스트 두 잇(Just do it)! 일단 한번 해보라는 말이다. 이것저것 따지다가 타이밍을 놓치는 사람들이 얼마나 많았는지 이 광고 문구는 공개되자마자 사회적으로도 엄청난 센세이션을 일으켰다.

사회가 짜임새를 갖출수록 타인이 결정해 놓은 규칙이 강화된다. 그와 동시에 대세에 따라 사는 것이 편해지고, 내키는 대로 행동하면 이후 감당해야 할 어려움들이 줄줄이 따라오니 더더욱 남의 눈치를 보게 된다.

나도 예외는 아니었다. 직장을 그만두고 미국으로 건너가 새롭게 학업을 시작했을 때, 당시에 미국 사회에서 골칫거리로 여겨졌던 이혼율 증가의 원인 규명 연구 프로젝트가 눈에 들어왔다. 연구에 참여하고 싶었다. 미국인들이 이혼율을 낮추기 위한 방안으로 선택한 대안은 혼전 동거였다. 같은 공간에서 살다 보면 상대방의 장단점이 적나라하게 드러나므로 그 모든 것을 인지하고도 결혼을 결정한다면 이혼을 미연에 방지할 수 있다는 취지였다. 나는 혼전 동거 후 결혼한 여러 현지 커플들을 인터뷰하고 관련 자료들을 모아 한국에서 책을 출간했다.

그 책은 나의 데뷔작이었는데, 출판사에서는 첫 책이니 주목을 많이 받아야 판매에도 도움이 된다며 『살아보고 결혼합시다』로 제목을 정했다. 내가 정리한 소제목 중에서 눈에 띄는 센 제목을 뽑아 표제어로 결정한 것이었다. 우리나라는 그때만 해도 혼전순결을 지키지 않는 것이 사회적으로 금기시되었다. 지금은 사라진 호주제가 아직 시퍼렇게 살아 있던 때인 데다 여성의 사회진출조차 껄끄러워하던 1990년대 말, 그 책은 출간 직후 사회적으로 큰 파장을 일으켰다.

내가 새로운 사업을 막 시작한 때였는데, 유림의 어르신들이 교대로 회사에 전화해 "인륜지사를 망치는 못된 년"이라며 대놓고 욕을 해댔다. 만약 인터넷이 있었다면 아마 악플로 회사 게시판을 가득 채웠을 것이고, 내 멘탈 역시 무너졌을지 모른다. 얼마나 화가 나면 그럴 수 있는지, 직접 따지려고 회사 앞에서 나를 기다리던 중년 남성도 있었다. 애꿎은 남편에게 독설을 퍼붓는 친지와 지인도 꽤나 많았다고 나중에 들었다. 그리고 그 일은 우리 부부를 멀어지게 만든 결정적 요인이 되기도 했다.

요란이란 요란은 다 떨었지만 책 판매량은 그다지 많지 않았다. 제목만 보고 말랑말랑한 섹스 이야기인가 기대했던 사람들은 보고서 형식의 무미건조한 글을 어려워했고, 자료로 활용할 만한 지식인에게는 제목이 지나치게 도발적이라 학술용으로 보이지 않았던 것 같다. 몇 년 후 이 책의 제목을 차용해 연극이 만들어졌고 그 외에도 사회적 여파는 꽤 컸지만, 정작 그 제목을 만든 나는 내키는 대로 해보겠다는 용기를 잃고 말았다.

사실 나는 꽤 용기 있는 편이었다. 기혼 여성이 회사에 다니는 것조차 매우 드물던 시절, 거의 최초로 '임신한 아나운서'라는 꼬리표를 붙이고도 꿋꿋하게 버틸 정도였다. 게다가 연년생으로 두 아들을 낳아 그런 꼬리표를 두 번이나 감당했고, 20여 년 간 직장 생활을 하면서 아이들을 키웠으니 그 시절을 살아온 사람치고는 나에게 용기없다고 하긴 어려울 것이다.

당시 나는 그림을 보는 것을 좋아했는데, 많은 작품 중에서도 관습을 따르지 않고 용기 있게 자기만의 길을 간 화가들의 작품을 좋아했다. 프랑스 역사 중에서 '좋은 시절'이라는 뜻의 벨에포크 시대에 활동한 화가 외젠 들라크루아는 "인간은 상상력이 있기에 동물과 다른 존재다. 남들 하는 대로 관습에 따르지 말고 자신의 독창적인 상상력을 펼쳐야 한다"고 말했다. 그가 활동하던 시대는 시민혁명의 여파로 종교의 힘이 약화되고 군주의 세력도 상당히 무력화된 시기였다.

그전까지 화가들은 교회나 귀족의 주문을 받아야만 화구를 구입해 그림을 그릴 수 있었다. 주문자의 의견대로 그림을 그려야 했기에 종교의 계율과 사회의 관습에서 벗어나는 그림을 그릴 수는 없었다. 하지만 시민혁명 전후로 물감과 붓 같은 화구가 발달해 이전보다 구입이 쉬워졌고, 공고하던 신분제에 지각변동이 일어나면서 부르주아라는 신흥계급도 생겨났다.

화가들은 경제적 어려움을 감수하더라도 자기 생각을 그림으로 표현하고 싶었지만, 부르주아들도 대놓고 사회를 비평하는 그림을 구입하지는 않았다. 여전히 사회문제를 드러내놓고 그리는 것에 많은 용기가 필요했던 시대에 몇몇 화가들은 관습을 따르지 않고 자신의 독창성과 상상력을 그림으로 표현해 역사적인 걸작을 남겼다. 나는 테오도르 제리코의 〈메두사호의 죽음〉과 외젠 들라크루아의 〈민중을 이끄는 자유의 여신〉을 좋아했다.

그뿐 아니라 사르트르가 『출구 없는 방』에 쓴 "타인은 지옥이다"라는 문장, 즉 나는 그들로 살지 않겠다는 말을 추앙했다. 그만큼 타인이나 관습으로부터 자유롭기를 꿈꾸었다.

하지만 『살아보고 결혼합시다』를 출간한 후 엄청난 사회적 파장을 온몸으로 겪은 후유증으로 인해 마음 내키는 대로 사는 것을 아예 포기했던 것 같다. 그 후 꽤 오랜 시간이 흘렀다. 지금은 세상이 참 많이 변했음을 느낀다. 방송국 후배들 중에는 30대 초중반에 하고 싶은 일을 찾아서 사표를 내고 떠난 이들이 꽤 있다. 최고의 인기를 누리던 한 후배는 스킨스쿠버 전문 강사로 새로운 인생을 개척해 행복하게 잘 산다고 한다. 엘리트 코스만 밟아온 또 다른 후배는 회사 선배와 결혼했는데, 육아와 직장 생활을 병행하다가 퇴사한 뒤 자유롭게 방송을 하며 자기만의 사업을 런칭하기도 했다.

예전 같으면 어떻게 들어간 회사인데 그만두냐며 주변에서 강력하게 말렸을 테지만, 지금은 많이 달라졌다. 말리는 사람도 적은 데다 말려도 듣지 않는 사람도 많아졌다. 용감하게 자기가 원하는 일을 선택한 후배들을 보면 긍정적으로 시대가 바뀐 것 같아 흐뭇하다.

다시 시작할 각오만 있다면 언제든 새 길이 열리는 세상이라는 걸 새삼 절감한다. 지금 누리는 작은 혜택에 얽매이지 않고 배짱 있게 새로운 선택을 해봐도 좋을 것이다. 누구에게나 또 다른 길이 열릴 거라고 나는 믿는다.

자책하지 마, 네 잘못이 아니야

"내가 미쳤나 봐. 도대체 무슨 짓을 한 거야."

지난 선택의 결과가 잘못되었음을 알았을 때, 나는 곧바로 자책하곤 했다. 물건을 잘못 샀을 때, 맛있어 보여서 선택한 음식이 그저 그런 맛이었을 때, 누군가의 권유로 한 투자가 쓸모없는 것이었을 때, 지인의 강권에 회원으로 가입했는데 탈퇴가 자유롭지 않은 모임이었을 때……, 크고 작은 상황에서 결과가 안 좋으면 나도 모르게 지난 선택을 자책했다.

물론 자책이 지난 잘못을 반추하고 반성의 기회로 삼는 정도라면 좋았을 것이다. 하지만 나의 경우에는 자기 학대 수준이어서 결국 내 삶의 질을 낮추곤 했다. 그럼에도 자책하는 버릇이 너무 굳어져버려 바꾸고 싶어도 쉽사리 바꿀 수가 없었다.

그러다가 미국의 컨트리음악 가수인 테일러 스위프트가 뉴욕대 졸업식에서 축하 연설을 하는 모습을 보게 되었다. 그녀는 "인간은 실수투성이다. 자주 잘못된 선택을 해서 다음 선택이 나를 어디로 데려갈지는 여러분도 나도 모른다. 그러나 실수였음이 드러나더라도 있는 그대로 받아들이고 털어내면 새로운 길이 열릴 것이다"라고 말했다. 젊은 나이에 한 분야에서 독보적인 위치에 오른 그녀의 말에 약간은 자극을 받았던 것 같다.

아무리 완벽해 보이는 사람도 실수는 한다. 그렇지 않다면 인간이 아니라 신일 것이다. 그런 사실을 잘 알면서도 나는 오랫동안 나 자신의 작은 실수마저 용서 못 해 심하게 자책하곤 했다. 체중조절에 도움이 된다는 솔깃한 광고에 끌려 별생각 없이 사들인 건강보조제가 효과가 없을 때 '어머, 내가 미쳤나 봐. 과대광고 티가 났는데도 못 알아차리고 사버리다니. 바보 같으니라고……' 하며 며칠 동안 자책했다.

심지어 아들의 연애가 썩 순조롭지 않을 때는 '내가 너무 보수적으로 키워서 그런 건가?'라며 마치 내 잘못인 것처럼 자책했다. 그릇을 깨트리거나 칼질을 잘 못해서 손을 베면 내 부주의함에 화부터 냈다. 이런 일이 반복적으로 일어나면 '나는 왜 이 모양일까' 하며 자기혐오에 빠지기도 했다.

아이들 다 키우고 사회생활에서도 은퇴해서 굳이 조바심 낼 필요가 없다고 생각하던 중에 테일러 스위프트의 연설을 보게 된 것이었다. 되돌릴 수 없는 실수나 결정은 훌훌 털고 빨리 잊을수록 좋다는 생각을 굳히는 데 꽤나 도움이 되었다.

이 문제를 좀 더 깊게 들여다보니, 인생은 선택의 연속인데 매번 옳은 선택을 할 수 있으면 좋겠지만 선택의 순간에는 전혀 보이지 않다가 나중에야 잘잘못이 드러나기 때문에 매번 옳은 선택을 하는 사람은 없을 것이라는 생각도 했다. 시간적인 제약 때문에 떠밀려 하게 된 선택이 실수로 이어지기도 하고, 신중하게 선택해도 결과가 실망스러운 경우도 많다.

그러고 나서 얼마 뒤에 영동고속도로에서 깜박하고 인터체인지의 출구를 놓쳤을 때였다. 차가 밀리는 시간이었다. 30분 정도를 반대편으로 주행한 후 겨우 출구를 찾았다. 나는 "맞아. 우리나라는 실수를 절대 용서 못 하는 나라야" 하며 중얼거렸다. 일본이나 미국, 또는 유럽의 여러 나라에서 차를 몰았을 때는 대부분 실수로 고속도로 출구를 놓쳐도 다음 코너에서 바로 잡을 수 있었기 때문이다.

이날 나는 나의 잦은 자책 이유를 천천히 객관적으로 들여다볼 수 있었다. 어릴 때 받아쓰기를 잘 못하거나 성적이 떨어지면 호된 꾸지람을 들었던 일부터 거의 모든 실수는 항상 부정적인 피드백으로 돌아와 작은 실수도 점점 수치로 여기게 되었음을 깨달았다. 가끔은 미리 자책하고 나서 우연히 꾸지람을 모면했을 때도 있었기에 자책하는 버릇이 심화된 것은 아닐까도 생각했다.

한 한국계 코미디언이 실수를 인정하지 않는 한국 엄마 이야기로 미국에서 인기를 누린 적이 있는데, 그 내용이 머릿속에 오버랩 되었다. 간단히 설명하면 이런 내용이다. 올림픽에 참가한 한 미국 선수가 동메달을 따자 그녀의 엄마가 자랑스럽다며 딸을 끌어안고 환호했다. 은메달 딴 한국 선수의 엄마는 "그러게, 내가 뭐랬어? 연습 더 해야 한다고 했지? 내 말 안 듣더니 겨우 은메달이잖아"라며 딸에게 화를 내는 것이었다.

마이크로소프트, 구글, 애플 등 세계적인 기업에서는 직원들이 실수하며 배우는 것을 환영한다는 보도 내용도 떠올랐다. 운전하는 내내 자책에 관한 여러 생각이 교차되었다.

우리는 지금도 여전히 유치원 때부터 대학입시 준비를 할 때까지 한 문제 더 틀리고 덜 틀리는 것으로 당락이 결정되고 미래가 바뀌는 환경에 놓여 있다. 그만큼 실수를 용납하지 못하는 문화가 더욱 심화되는 것 같아 미래 세대도 걱정이다.

"성적이 그게 뭐냐?" "단정하지 못하게 옷차림이 왜 그래?" "여자답지 않게 목소리는 왜 그렇게 커?" "네가 동생을 잘 돌봤으면 그 애가 다쳤겠니?" "덤벙대더니 그릇을 깨뜨렸네. 내 그럴 줄 알았어……."

나도 어릴 때부터 수많은 부정적인 피드백을 받으며 작은 실수조차 수치스럽게 여기도록 학습되었다는 생각이 들었다. 그로 인해 자신을 엄격하게 평가하는 기준이 생겼고 조금만 부족하다고 여겨도 서슴없이 자책하게 된 것이라는 결론에 이르렀다. 어디 나뿐일까? 많은 사람들이 겪는 일이기도 하다.

워킹 맘 시절, 회사에서 "아줌마가 그렇지, 뭐" 같은 말을 듣지 않으려고 남들보다 일찍 출근하고 늦게 퇴근했다. 당시에는 남자 직원이 아이가 갑자기 아파서 병원에 좀 다녀오겠다고 하면 흔쾌히 허락하던 상사들이 여자 직원이 그럴 때는 "아줌마는 별 수 없어"라고 다 들리도록 중얼거리며 간접적으로 핀잔을 주는 경우가 드물지 않았다. 아이가 아프다는 연락을 받으면 나는 아이를 병원에 데려갈 사람을 먼저 찾았다. 큰아이가 수두에 걸려 체온이 40도에 가까웠을 때, 담당 의사는 "왜 애를 이렇게까지 방치했어요?" 하며 혀를 끌끌 찼다.

그 후로 아이에게 열이 있을 때마다 일한다는 이유로 아이를 잘 돌보지 못하는 것 같아 나 자신을 쉽게 용서할 수 없었다. 그래서 더욱 나를 들볶았다. 상사의 부당한 꾸지람도 그가 너무한다고 생각하기보다 '내가 애 엄마라고 너무 태만했던 거야' 하며 자책했다. 내 잘못이 아닌데도 집안에 문제가 생기면 저절로 자책하는 습관이 심해진 건 이때부터였을 것이다.

워킹 맘인 W는 가장 힘든 건 회사 눈치 보는 것이나 일이 많은 것이 아니라 갑자기 아이가 아픈 것이라고 말했다. 네 살 아들과 두 살 딸을 둔 그녀는 아이들이 두 살 터울이어서 한 아이가 어린이집에서 감기를 옮아오면 금세 다른 아이에게 옮기고 곧 부모도 옮아서 온 가족이 감기로 고생하게 된다고 했다.

처리할 업무는 밀려들고 집안일도 만만치 않아 아이들이 아프면 친정어머니는 물론 시어머니에게도 도움을 청해야 하니 미안한 마음이 앞서 자기도 모르게 '내가 옷을 너무 얇게 입혀 보냈나?'처럼 모든 것을 자기 탓으로 돌리게 된다는 것이었다. 그녀는 "일부러 그러는 것처럼 아이들은 월요일이나 화요일에 자주 아파요. 주말이면 그나마 잘 보살필 수 있는데……"라며 안타까워했다.

자기 잘못이 아닌데도 자기 탓을 하는 그녀를 보니 남의 일 같지 않았다. 워킹 맘은 육아 고민만 덜어도 쓸데없는 자책을 덜지 않을까 싶었다.

시간과 경험이 쌓일수록 자책은 문제해결에 도움이 되기는커녕 자신을 위축시켜 오히려 실수만 늘린다는 것을 깨닫게 되었다. 결국 더 많은 문제를 만들면서 자존감을 손상시키니 삶의 질까지 저하되는 것이었다. 그때 만난 책이 프랑스의 철학자 파브리스 미달의 『이러지 마, 나 좋은 사람 아니야』였다. 미달은 유난히 발육이 더뎠고, 장애도 있었다. 성장과정 내내 자책에 시달렸으나 극복 방법을 터득하고 책을 썼다.

이 책에서 저자는 어떤 잘못을 저질렀을 때 '난 바보야!'라고 생각하며 자신을 통째로 바꾸려 하지 말라고 말한다. 잘못된 행동이 내 존재 전부를 의미하는 것은 아니므로, 존재가 아닌 자신의 행동만 분리해서 평가하면 오히려 자신을 성장시키는 밑거름이 된다는 것이다. 예전의 나처럼 자주 자책하는 이들에게 이런 이야기를 꼭 들려주고 싶었다.

내 잘못이 아닌 일은 물론, 내 잘못으로 인한 실수도 자책으로는 되돌릴 수 없다. 아이가 자주 아프면 내가 잘 돌보지 못해 그렇다고 자책할 시간에 아이가 덜 아프도록 면역력 기르는 방법을 적극적으로 찾거나, 남자들도 육아에 동참할 수 있는 육아 휴직을 적극적으로 요구하는 등의 행동에 나서는 게 현명하다.

엎질러진 물을 다시 담을 수 없듯이 이미 저지른 실수는 되돌릴 수 없다. 자책은 긴장도를 높여 실수를 더 자주 반복하게 할 뿐이다. 실수하자마자 자책이 밀려든다면, 먼저 '괜찮아. 다음에는 잘할 수 있어'란 말을 되새겨보자. 예전의 나처럼 자신을 괴롭히는 사람을 만나면 꼭 이 방법을 알려주고 싶다.

언제든 내 좌표를 수정하겠다

"거기, 아줌마 좀 비켜요."

"시야를 가리면 어떻게 해요. 뒤로 좀 물러나세요!"

나는 몇 발자국 떨어진 곳에 서 있는 젊은 남자에게 '누구? 나?' 하는 제스처를 하며 물었다. 남자는 "그래요. 아줌마 말이에요!" 하고 소리쳤다. 그날, 야외 공연장은 관객들로 혼잡했다. 자리를 잡으려고 우왕좌왕하다 그런 일을 당한 것이었다.

그의 '아줌마' 호칭에는 경멸과 비하의 의미가 가득했다. 내가 워킹 맘으로 일하던 때만 해도 우리 사회에서는 기혼 여성의 사회생활을 곱게 보지 않았다. 아줌마라는 호칭에는 "집에서 살림이나 하지, 왜 사회에 나와서 걸리적거려?"라고 대놓고 나무라던 사람들의 속마음이 함축되어 있었다.

충격이었다. 그때까지 나를 그렇게 부른 사람은 없었다. 오랫동안 내 호칭은 '선생님'이나 '작가님'이었다. 지금 생각해 보면 그 남자의 호통에 충격을 받은 것은 단지 무례한 호칭 때문만은 아니었다. 어쩐지 내가 받던 대접이 크게 달라진 것 같은 기분도 한몫했던 것 같다.

나에 대한 호칭이 불만스러웠던 적은 그때뿐만이 아니었다. 그동안 자세에 너무 신경을 쓰지 않아서였는지 나도 모르는 사이에 양 어깨가 비대칭 상태인 걸 최근에야 알았다. 생활하는 데 불편하지는 않아서 방치하다가 자세를 바로잡을 겸해서 모델 워킹 클래스에 등록했는데, 강사들이 내 어깨 상태를 보더니 병원에 꼭 가보라고 권했다. 몸이 비대칭이면 점차 순환기가 나빠지고 허리나 고관절에도 무리를 주어 나중에 크게 고생할 수 있다는 것이었다.

나는 곧바로 한의원을 찾아가 추나 치료를 받기 시작했다. 오랫동안 굳어진 자세를 고치느라 치료 기간이 길어졌다. 병원에 자주 들르다 보니 간호사가 친해졌다고 생각했던지 "안녕히 가세요. 어머니", "오늘도 같은 치료 받으실 거죠? 어머니?" 하며 말끝마다 나를 '어머니'라고 불렀다. 마음이 불편했다. '내가 자기 어머니도 아닌데 왜 말끝마다 어머니를 붙이지?' 예전의 '아줌마'가 이제 새로운 버전인 '어머니'로 바뀐 것 같았다.

서구사회에서는 나이와 직위에 상관없이 이름을 부르기 때문에 해외에 나갔을 때 호칭 문제로 마음이 상한 적은 없었다. 『신지영 교수의 언어 감수성 수업』에서 저자는 우리나라 사람들이 호칭에 어려움을 겪는 것은 이름을 호칭으로 사용하지 않아서라고 설명한다. 이름을 부를 수 없으니 첫 만남에서부터 호칭을 정리할 필요가 생겨서 상대에게 나이나 직위를 캐묻게 된다는 것이다. 그래서 서구사회에서는 실례인 나이 묻는 것이 우리나라에서는 당연시되는 것 같다.

그런데 더 복잡한 문제가 또 있다. 우리나라에서는 단지 나이만으로 호칭을 정리할 수 없다는 것이다. 직위같이 사회적 지위에 따라 호칭이 어색해질 수도 있기 때문이다. 누구나 존재감을 드러내고 싶어 하므로 나이뿐만 아니라 사회적 지위도 호칭에 반영해야 불리는 사람이 거부감을 느끼지 않는다.

심지어 예의를 잘 갖추려면 자신을 소개할 때 직함을 이름 뒤에 써서는 안 된다. 예를 들어 교수가 되고 나서 예전에 함께 일하던 상사를 만났다면, "부장님, 저는 ○○○ 교수입니다. 예전에 부하 직원이었습니다"라고 해서는 안 된다. 현재 교수직에 있더라도 직함을 이름 앞에 써서 "저는 교수 ○○○입니다"라고 해야 예의 바른 표현이 된다.

나는 이처럼 복잡한 호칭 예절은 그다지 좋아하지 않는다. 그런데도 막상 내가 '아줌마', '어머니' 등으로 불리니 마음이 꽤 불편했다. 곰곰이 생각해 보니 호칭에 존중의 의미가 담기지 않아서였던 것 같다. 그리고 한편에는 속마음에 '나는 조금은 다른 대접을 받아야 할 사람'이라는 기대가 있었던 것이다.

가족들과 집 근처에 있는 제주 흑돼지 바비큐 전문점에 외식을 하러 갔을 때였다. 한때 인기가 높았던 한 개그맨이 테이블 배정을 두고 홀에서 종업원과 옥신각신하고 있었다. 그는 "내가 누군 줄 알고 자리를 안 바꿔줘?" 하며 호통을 쳤다. 예약 없이 불쑥 찾아와서 그가 원하는 자리에 앉을 수 없는 모양이었다.

예약이 된 상태라 자리를 바꿔줄 수 없기에 종업원은 정당한 거절을 하면서도 그의 생떼에 안절부절못했다. 결국 지배인이 달려와 예약석을 조정하면서 갈등은 일단락되었다. 지나가버린 알량한 인기를 앞세워 특권을 누리려는 태도가 얼마나 볼썽사나운지를 체감한 때였다.

그 순간 내가 '아줌마'나 '어머니'라는 호칭에 민감했던 것은 그 개그맨과 같은 이유 때문 아니었을까 하는 생각이 들었다. 내가 특별한 사람이라는 사실을 반영하지 않은 호칭에 빈정이 상한 건가 싶어 갑자기 민망해졌다. 자신도 모르게 '나는 남들과 달리 특별한 사람이니 위상이 바뀌었건 말건 항상 내가 원하는 대접을 받아야 해'라는 심리가 슬그머니 내 안에 자리잡고 있었던 것 같았다.

몇 해 전에 몇몇 지인들과 패키지여행을 갔다가 가이드에게 들은 이야기다. 우리 일행과 친해지자 가이드는 우스개로 익명의 '진상 손님' 이야기를 몇 가지 들려주었다.

그중 하나는 음치 색출 프로그램에 참가해 얼굴을 알린 청년의 이야기였다. 그는 자신도 텔레비전에 나온 연예인이라며 만나는 사람마다 붙들고 "저 텔레비전 방송에서 못 봤어요?" 하고 물었다. 게다가 굳이 그럴 필요가 없을 때도 일행들에게 아이스크림 같은 간식을 사주었다. 고맙긴 하지만 다들 '굳이 왜?'라며 어리둥절해했다.

당시는 텔레비전이 가진 매체 파워가 컸을 때여서 일회성으로 방송에 출연한 사람들마저 갑작스러운 인기에 현혹돼 이상한 특권의식을 가지기도 했다. 한때 우리 사회에서도 '연예인병'이라는 유행어가 떠돈 적이 있다. 방송 매체에 등장한 후 자기정체성을 잃어버리고 오만해져서 자신을 과대 포장하는 심리 상태를 일컫는 말이었다. 아이돌 같은 어린 연예인이라면 어느 정도 이해가 되었다. 하지만 학자 같은 전문직 종사자도 그런 증세를 보이는 경우를 종종 봤다. 반짝 주목받다가 화면에서 사라지는 건 순간인데도 말이다.

일본의 '라멘 왕' 세리자와 다쓰야는 "젊은 날의 작은 훈장은 때로는 커다란 저주가 된다. 그 훈장은 그 사람을 거만하게 하고 자기 평가를 왜곡시키고 나아갈 방향을 그르치게 한다"고

했다. 그런 덫에 걸리지 않으려면 자신이 받는 대접이 언제든 달라질 수 있음을 받아들이고 변화된 자신의 위상에 맞춰 수시로 좌표를 수정해야 한다.

이제는 나도 '아줌마'든 '어머니'든 상대방이 제 맘대로 고른 나에 대한 호칭에 굳이 예민해지지 않으려고 한다. 내 사회적 좌표는 언제든 바뀔 수 있지만, 나란 사람의 본질은 바뀌지 않는 것이기에.

4장

세상의 기준에 무작정 따르지 않기

'열심히'가 아니라 '영리하게'

12시에 강남에서 점심 모임이 있는 날이었다. 서울의 강북에 사는 나는 모임 장소가 강남이면 출발을 더 서두른다. 종종 교통 체증을 겪곤 해서다. 일종의 직업병이라 지각하는 걸 끔찍이 싫어해서 비가 오면 특히 더 서두른다. 그날도 비가 왔는데, 예상과 달리 길이 안 막혀서 약속 시간보다 거의 1시간 일찍 도착했다. 게다가 식당도 문을 열기 전이라서 영업을 시작할 때까지 근처 카페에서 기다려야 했다.

예전에 강연을 많이 다닐 때도 지각이 두려워 30분에서 1시간 정도 일찍 도착해 자동차 안에서 기다렸다가 시간 맞춰 강연장으로 가곤 했다.

약속보다 너무 일찍 도착했을 때 남는 시간이 왜 그리 아까웠는지 모르겠다. 편하게 기다리지를 못하고 '뭐라도 해야 하지 않을까?'라며 나를 들볶곤 했다. 틈새 시간에 읽을 책은 항상 챙겼다. 만약 책이 없을 때는 일과 관련한 메일을 쓰거나 전화 통화, 인터넷으로 자료 조사를 하는 등 시간을 꽉꽉 채워야 마음이 놓였다. '언제나 열심히'를 모토로 잠시도 쉬지 못하는 태도가 굳어져 있었다.

회사에 다니던 시절, 상사들의 사랑을 한 몸에 받던 S는 하루도 빠짐없이 새벽 6시에 출근해 밤 9시에 퇴근했다. 마치 회사를 위해 태어난 사람처럼 출근 시간보다 3시간 빠른 6시에 아침에 먹을 도시락까지 챙겨서 나왔다.

지금과 달리, 이전 시대에는 일찍 출근하고 늦게 퇴근하는 것만으로도 직장에서 성실함을 인정받았다. 일부 상사들은 S를 기준 삼아 다른 직원들이 출근 시간에 임박해서 도착하거나 근무 중에 잠시 쉬는 기미를 보이면 대뜸 화를 내며 "S는 매일 거르지 않고 새벽에 출근해서 없는 일도 찾아서 처리하고 퇴근도 늦게 하는데, 그런 S에게 미안하지도 않아?"라고 했다.

S는 우리에게 근면 성실의 표본이 되었고 동기생보다 먼저 진급했으며 주요 보직에도 일찍 앉았다. 그의 근면 성실 이미지는 누구도 범접할 수 없는 철옹성이었는데, 안타깝게도 정년 퇴직을 3년 남겨두고 큰 병을 얻어 조기 퇴직했다. 정확한 원

인은 알려지지 않았으나, 한시도 긴장을 풀지 못하고 산 것도 영향을 미친 게 아닌가 짐작한다.

그 시절에는 직장에서만 그런 게 아니었다. 집에서 잠시 쉬려고 하면 어른들이 "그렇게 한가해? 할 일 없으면 장롱에 앉아 있는 먼지라도 닦아"라며 핀잔주었다. 가난하던 시절에는 성실하지 않으면 배고픔을 면하기 어려웠다. 제조업 기반 사회는 근면 성실이 경제의 원동력이었기에 아무도 그런 사회적 분위기를 거스를 수 없었다.

그러나 제조업 기반에서 디지털 기술 기반 사회로 변해 매일 놀라운 새 기술이 쏟아져 나와 창의성이 강조되는 시대가 왔는데도 여전히 근면 성실을 무조건 강조하는 건 옳은 일일까? 케이팝으로 세계인의 사랑을 받는 아이돌들이 텔레비전 방송에 출연해 습관처럼 "열심히 하겠습니다"라고 합창하는 풍경을 보면 조금은 걱정스럽기도 하다.

나 역시 여러 이유로 내 삶을 재정비해 보기로 결심한 최근에 들어서야 겨우 '글쎄? 열심히가 정말 좋은 걸까? 세상이 바뀌면 그에 맞게 삶의 방식도 일하는 방식도 변해야 하는 게 아닐까?'라는 생각을 하게 되었다. 내가 만났던 선진국 사람들은 느긋하다 못해 우리 기준으로는 속 터질 만큼 느려 보일 때가 많았던 기억도 떠올랐다.

세상의 모든 사람들이 스마트폰을 자기 분신처럼 여기게 만들었다고 해도 과언이 아닌 스티브 잡스는 직원들에게 항상 "똑똑하게 일하라, 더 열심히 일하지 말고"를 강조했다고 한다. 성실하게 열심히 일하는 것보다 영리하게 새로운 방법을 찾아 일을 처리하는 것의 장점을 포착해 대성공을 거둔 셈이다.

마이크로소프트의 창업자인 빌 게이츠는 "나는 항상 게으른 사람에게 어려운 일을 맡긴다. 왜냐하면 그는 이를 해결하기 위해서 보다 쉬운 방법을 찾기 때문이다"라고 말했다.

요즘처럼 창의성이 무엇보다 중요한 시대에는 잡다한 일 처리에 사용할 시간과 에너지는 대폭 줄이고 중요한 일에 집중하는 것이 영리한 행동이다.

후배 H는 나이 들면서도 호기심이 줄 것처럼 보이지 않는다. 그는 새로운 기기가 출시되면 재빨리 구입해 사용법을 익힌다. 십수 년 전쯤인가 많은 주부들이 집에 있는 빌트인 식기 세척기조차 잘 쓰지 않는 것을 보고 "왜 안 쓰지? 내 손으로 설거지 안 해서 얼마나 편한데" 하면서 신나게 사용했다는 이야기를 한 적이 있다. 요즘에는 프리랜서로 강연을 다니는데 챗지피티 사용법을 배워서 발표 자료를 아주 쉽게 더 잘 만든다고 했다.

한편 H 같은 사람이 많아질수록 '엄청 성실하기만 한 나는 왜 맨날 제자리걸음이고, 늘 노는 것 같은 저 사람은 어째서 승승장구하지?' 같은 불만이 생기기 쉽다. 사회생활에서는 과감하게 일을 위임하고 자신이 잘하는 일에 집중할 필요가 있다. 모든 것을 자신이 떠안으면 상대방이 일을 그르칠까 하는 불안은 줄겠지만 더 좋은 성과를 낼지는 알 수 없다. 성실히 일하는데도 남들보다 진급이 늦고 뒤처진다면, 지나치게 모든 일을 떠안고 있어서는 아닌지 점검해 볼 일이다.

요즘에는 약간 방법을 바꾸면 가사 노동도 많이 줄어든다. 신기술이 적용된 전자제품뿐 아니라 대행 서비스도 많아졌기 때문이다. 빠트리고 온 이삿짐은 대행에 맡기는 것이 직접 처리하는 것보다 훨씬 편리하다. 각종 쓰레기를 모아놓으면 분리수거를 대신하는 서비스도 있다. 1년에 한두 번 하는 대청소는 전문 인력을 고용해 묵은때까지 없애는 게 더 효율적이다. 새로운 테크놀로지와 서비스를 적극 활용해 사소한 일처리 시간을 줄이고 중요한 일에 몰두하는 것이 진정 영리하게 사는 방법이다.

영국에서 매우 빠른 속도로 거부가 된 유튜버이자 작가인 롭 무어는 『레버리지』라는 책에 열심히 일하기보다 영리하게 일하라고 썼다. 레버리지란 '지렛대 효과'를 의미하는데, 무거운 물건을 옮길 때는 온 힘을 쥐어짜듯 하지 말고 지렛대를 이용해 영리하게 처리하라는 것이다.

최근에는 일에만 매달려 살지 않고 영리하게 일하며 여유 시간을 갖는, 그야말로 워라밸을 즐기는 젊은이들이 자주 소개된다. '열심히'보다 '영리하게'가 중요한 시대가 정착되어 가는 것 같다. 이제는 자녀들에게 "열심히 하겠습니다"라는 말보다 "영리하게 하겠습니다"라는 말을 끌어내야 하지 않을까?

나도 더 이상 근면 성실에 매달리지 않기로 했다. 문제해결을 위해 쉽고 간단한 방법부터 찾아보기로 결심했다. '무작정 열심히'보다는 요모조모 '따져서 영리하게' 말이다. 발표 자료를 만들든 청소를 하든 또는 물건을 정리하든 사람과 사람 사이를 잇든 간에 한 템포 물러나 보다 효율적인 방법을 찾아보기로 마음먹었다.

타인과의 비교는 나를 다치게만 할 뿐

"가방 또 샀네. 신상인가 봐."

일행이 그녀를 에워싸며 부러워했다. K는 내가 처음 본 신상 '오픈런' 실행자였다. 그녀는 자주 명품 신상 가방을 들고 모임에 나타났는데, 그럴 때마다 그녀 주변으로 여자들이 몰리면서 부럽다고 말했다. 그러면 그녀는 약간은 수줍은 듯 뿌듯한 표정으로 "동창회에 가보니 내 핸드백이 제일 후지더라고요" 하곤 했다. 나는 '왜 명품 가방에 저토록 집착할까? 부러움 사는 것은 잠깐이고 조금 지나면 남들은 그 가방을 기억조차 못 할 텐데……'라고 생각했다. 명품 가방 한두 개는 가졌어도 신상을 기다렸다 오픈런까지 해서 사는 사람은 그때까지 내 주변에 없었다.

그녀는 성격도 좋고 쾌활하며 사교적이었는데, 매번 머리끝부터 발끝까지 명품으로 휘감고 등장해 어떻게 대해야 할지 약간은 부담스러웠다. 대단한 재력가일 거라고 미루어 짐작했을 뿐인데, 종종 모임에서 만나다 보니 나도 모르는 사이에 그녀와 조금씩 가까워졌다.

몇몇이 점심을 함께하다가 처음으로 마음 깊은 대화를 나누게 된 때였다. 의도한 건 아닌데, 대화 내용은 부모가 자신을 다른 형제들과 비교하며 차별했던 아픈 기억으로 흘러가 있었다.

나는 어머니가 나보다 동생을 더 좋아하는 것 같아 섭섭했던 마음을 꺼내놓았다. 언젠가 내가 접시를 깨트린 적이 있었다. 어머니는 그 즉시 "내 그럴 줄 알았다. 매사에 덜렁대는 네가 그릇을 온전히 옮길 거라고 생각한 내가 바보지" 하고 말씀하셨다. 그런데 며칠 후 동생이 접시를 깨자 "조심하지……. 다치지는 않았어?"라고 하셔서 꽤 충격을 받았다. 어머니는 아무 생각 없이 말씀하셨겠지만 어린 나는 그 순간 매우 서러웠다.

이런 식으로 받은 상처가 너무 컸기 때문인지 이후 나는 어머니에 대해서 애틋한 마음이 그다지 많이 들지 않았던 것 같다. 어머니가 일찍 세상을 떠나신 후에도 남들이 말하듯 '사무치게' 그리워한 적은 없었기 때문이다.

내가 이런 고백을 하고 나니 K는 자신의 어머니는 자신을 대놓고 미워하셨다고 털어놓았다. 둘째 딸인 K는 다재다능한 언니와 비교되어 매사에 차별받았다고 했다. "방 청소한 거 맞아? 먼지가 그대로네. 언니가 청소해 놓은 거 못 봤어?"라거나 "언니보다 공부나 잘하면 내가 말을 안 해. 너는 집안일도 못하고 공부도 못하니 앞으로 어떡하면 좋을까?"라며 혀를 끌끌 차곤 하셨다는 것이다.

그녀는 자신은 아버지를 닮고 언니는 어머니를 많이 닮아서 자신이 어머니에게 미움을 산 것 같다고 말했다. 부모님의 성격이 서로 너무 달라서였는지 부부 사이가 썩 좋지 않았다고 했다. 어머니가 아버지에 대한 미움을 둘째 딸인 자신에게 투사한 것 같다는 것이었다. 자기 형편으로 살 수 있는 비싸고 좋은 신상 명품을 자주 사는 것은 어린 시절에 받은 마음의 상처와 공허감을 어느 정도 위로하기 위해서인 것 같다고 고백하기도 했다.

그런 대화가 있은 이후, 차를 함께 마시는 등 사적인 대화를 나누는 시간이 조금씩 늘어났다. 만나는 일이 많아지니 그전에는 보이지 않던 모습들이 그녀에게서 보였다. 그녀는 성격이 좋고 쾌활했지만, 자잘한 일들까지 남들과 비교하며 스트레스를 받는 편이었다. "원래부터 잘하는 게 별로 없어서요"라거나 "제대로 옷을 갖춰 입지 않으면 외출하기가 꺼려져요" 같은 말도 자주 했다.

어릴 때부터 어머니에게서 사사건건 언니와 비교되어서인지 그녀는 자기도 모르게 모든 걸 비교하며 자기 비하에 빠지는 게 습관이 된 것 같았다. 나도 어머니가 오래 사셨다면 혹시 저렇게 되었을까 하는 생각이 들면서 모든 불행의 씨앗은 타인과의 비교에서 오는 것임을 절감했다.

타인과의 비교 같은 건 쓸모없는 일이라고 생각해 온 나도 사실 비교에서 예외일 수 없었다. 내 또래들보다 훨씬 더 젊어 보일 만한 옷을 너무 많이 사곤 했기 때문이다. 사고 나서 잘 입지도 않아 공간만 차지했는데, 버리자니 아까워서 이사할 때 상자에 넣어둔 그대로 보관했다. 남들이 타인과 비교하는 것을 못마땅해하던 나도 남과 나를 비교하는 것이 몸에 밴 것을 알게 되었다. 남들보다 더 젊어 보여야 한다고 생각했던 것이다.

방송국에서 아나운서로 오랫동안 재직하는 동안, 나는 나이 들수록 나보다 젊은 후배들과 경쟁하는 상황에 놓이곤 했다. 예쁘게 꾸미고 온 후배들을 보면 저절로 내 외모와 비교했고, 옷이라도 잘 입어야 돋보일 거라고 생각했다. 경쟁심이 앞서서 나이에 비해 너무 어려 보이는 옷들까지 충동구매를 꽤나 많이 했다. 옷으로 나이를 감추는 것은 불가능한 일인데도 헛수고를 참 많이 한 것이다.

내가 맡고 싶어 했던 프로그램의 진행을 후배가 맡으면 분발

하려고 아이들을 가사도우미에게 더 오래 맡기고 회사 일에 에너지를 더 많이 썼다. 그럴 때마다 아이들은 차례로 열병이 나곤 해서 나 스스로 욕심을 버려야 한다고 생각하며 자신을 설득했다.

물론 누구라도 남과 전혀 비교하지 않고 살기는 힘들 것이다. 심리학자인 알프레드 아들러는 "인간은 우월성을 추구하는 존재"라고 했고, 소설가 버지니아 울프는 "사람은 누구나 자신이 남보다 열등하다는 말을 듣고 싶어 하지 않는 천성을 가지고 있다"고 썼다. 남과의 비교가 본능일 수 있다고 보는 것이다.

사회는 다양한 경쟁 구도를 이용해 발전을 추동한다. 적당한 비교가 사람을 분발시키는 힘으로 작용하는 것은 누구나 인정한다. 그러나 수위가 높아지면 오히려 자기 자신의 정신을 많이 다치게 하는 것 같다.

끊임없이 남과 나를 비교하는 습관은 남에게 뒤처지면 낙오한다는 부모와 사회적 스승들의 오랜 가르침에서 만들어졌을 것이다. 그런 지난날들을 돌아보니 나에게야말로 웬만하면 남과 나를 비교하지 않는 훈련이 꼭 필요할 것 같았다.

이렇게 생각을 정리하고 보니 특히 내 비교 방식에 문제가 많았음을 깨달았다. 내가 바꿀 수 없는 영역까지 비교하며 스스로를 갉아먹었던 것이다. '남들은 투자만 하면 돈을 잘 버는데 나는 왜 투자만 하면 꼭 돈을 잃을까?', '남들은 부모가 성인이 된 후에도 모든 것을 다 챙겨주는데 나는 왜 내가 오히려 가족 모두를 챙겨주어야 하는 걸까?' 같은 것들 말이다. 타고난 재능에 따라 돈의 흐름을 잘 보기도 하고 그 반대이기도 할 것이다. 부모가 일찍 돌아가시는 것도, 부모가 장수하며 자식을 오래 보호해 주는 것도, 내가 선택할 수 있는 문제가 아니지 않은가?

각자의 차이를 고려하지 않고 단순 비교하면 자신만 괴로울 뿐이다. 이 점을 인정하니 운명이란 건 주사위 던지기처럼 '얻어 걸리면 감사하고 아니면 말고'라고 생각하며 사는 게 현명할 것 같았다. 부모가 부자인 것이나 빼어난 용모를 갖고 태어난 건 비교할 대상은 아니니 말이다. 내가 선택할 수 없는 것을 가지고 비교하면 스스로 미약한 존재가 될 뿐이다.

타고난 재주나 특성은 사람마다 각기 다르니 내 힘으로 바꿀 수 없는 것은 인정하고 편하게 살기로 했다. 남의 잘난 점과 나의 못난 점을 비교하며 가슴 아파할 것이 아니라 나에게 숨어 있는 능력 찾기에 주력하련다. 사람은 누구에게나 한 가지 이상 남다른 재주가 있다고 하지 않던가! 남 신경 쓸 시간에 나에게 집중하면 이제껏 드러나지 않았던 재능도 발견되지 않을까?

나를 그만 혹사하겠다

몇 해 전, 교토로 가족여행을 간 적이 있다. 비용을 고려해서 교토시 외곽에 숙소를 구했다. 도시가 작아 도심까지 도보로 충분히 오갈 수 있는 거리에 있었고, 오래된 집이지만 정갈하고 청결해서 마음에 들었다.

식재료를 사러 마트에 가는 길에 낡고 작은 집에서 키 작은 할머니가 걸레로 집 울타리를 열심히 닦고 있는 걸 보았다. 돌아오는 길에 보니 한 칸 옆을 닦고 있었다. 울타리를 날날이 닦는 모양새였다.

사나흘 후까지도 매일 그 할머니가 울타리 닦는 모습을 볼 수 있었다. 궁금한 나머지 결국 서툰 일본어로 매일 울타리를 닦는 거냐고 물었더니 그렇다고 하셨다. 집 울타리까지 청결하게 닦는 할머니를 보며 감탄할 수밖에 없었다.

'맞아, 나이 들수록 저렇게 부지런하게 살아야 해.'

문득 우리 할머니 생각이 났다. 종갓집 며느리였던 할머니는 늘 집안일을 열심히 하셨다. 위생관념도 철저하셨다. 잠시라도 짬이 나면 집안 청소를 더 해야만 한다고 생각하셨는지 걸레를 들고 다니며 여기저기 훔치셨다. 가끔은 왜 그렇게까지 청소에 연연하실까 불만스럽기도 했다. 마루와 장롱은 항상 반질반질했고 방바닥에 먼지라도 있는 것 같으면 곧바로 치우면서 어린 손주들에게 어지르지 말라고 불호령을 내리셨다. 잠시라도 할머니가 쉬시는 모습을 본 적이 없는 것 같다.

울타리를 닦는 할머니를 보니 우리 할머니가 떠올라 반갑기도 했지만, '저 일이 재밌어서 하시는 걸까? 다른 일은 하고 싶은 게 없으신가? 고단하지는 않으실까?' 등등 여러 생각이 들었다. 어릴 때 쉴 시간 없이 청소하는 할머니의 모습이 그만큼 못마땅했던 것 같다.

사람의 뇌는 보는 대로 따라하게 만든다더니 싫으면서도 점차 할머니를 나도 모르게 따라 하고 있었다. 결혼하고 나서는 목욕탕에 머리카락이 한 올만 보여도 곧바로 치워야 직성이 풀렸다. 그렇다 보니 퇴근 후 쉴 시간이 없었다. 바로바로 해치우는 집 청소는 은근히 많은 에너지를 빼앗았다.

집안일을 도와주는 사람이 있다 해도 직장 생활과 육아, 식사 준비로 할 일은 태산 같은데, 작은 먼지마저 허용하지 못해 청소에 너무 많은 에너지를 쏟으니 지칠 수밖에 없었다. 그럼에도 아이들의 건강을 위해서라도 청소는 포기할 수 없었다.

도대체 사람들은 왜 이렇게 청소에 매달리게 된 것일까? 백신이 발명되기 전에는 전염병이 창궐할 때마다 수많은 생명이 목숨을 잃었다. 14세기 중엽, 유럽에서는 흑사병으로 2천만 명에 가까운 사람들이 희생되었다. 전염병을 막으려면 위생에 신경을 많이 써야 한다는 걸 알게 된 후로 청소를 더 열심히 하게 되었고, 위생 관념도 점차 바뀌었다고 한다.

이전까지는 유럽에서도 가족끼리는 큰 그릇에 음식을 담아 함께 나눠 먹었는데, 흑사병이 휩쓸고 간 후부터는 위생 상태를 한눈에 파악할 수 있도록 흰 테이블보를 깔고 그 위에 개인용 컵, 그릇, 수저, 포크 등을 늘어놓는 문화가 생겼다고 한다. 흑사병이 지금과 같은 복잡한 테이블 세팅 문화를 만든 셈이다.

작은아들이 미국에서 대학을 졸업할 무렵 집안의 경제 사정이 좋지 않아 고민이 많았다. 금융을 전공한 아들은 적성에 맞지 않은 것 같다며 학비가 거의 들지 않는 프랑스 파리로 가서 대학원에 진학해 인문학 공부를 하겠다고 했다.

파리에서 아들이 살 집 구하는 걸 도와줄 때였다. 그런데 집들은 약속이라도 한 듯 아무렇게나 벗어둔 옷과 읽다 만 책들, 씻지 않은 커피 잔 등으로 가득했다. 내 기준에는 이런 데서도 사람이 사나 싶을 정도였다. 대학교 부근이고 대체로 변호사, 회계사, 국제기구 직원, 아트 딜러 등 내로라하는 고학력 전문직 젊은이들이 사는 집들이었다. 해외 발령으로 이사해야 하는 사람, 다른 지방에 직장을 구해 집을 내놓은 사람, 결혼해서 살 집으로 이사하게 된 사람 등 집을 내놓은 이유는 다양했다.

처음에는 그런 사람들이 그토록 지저분하게 해놓고 산다는 것이 선뜻 이해가 안 되었다. 간혹 입주민을 직접 만날 때도 있었는데, 그럴 때면 그들은 멋쩍은 표정으로 "집이 난장판이어서 미안해요"라며 머리를 긁적였다. 부끄러워하는 기색은 전혀 없었다.

그때의 경험은 내가 생각을 조금 바꾸는 계기가 되었다. 그들은 극심한 전염병으로 우리보다 먼저 위생 관념의 중요성을 깨우친 이들이었음에도 삶의 우선순위가 우리와 다르다는 생각도 들었다. 남의 시선 때문에 몸을 혹사해 가며 청소할 필요는 없다고 생각하는 것 아닐까? 다들 그러면서도 즐겁게 살고 있으니 말이다. 나의 청소 강박이 이제는 불필요한 게 아닌가 싶어졌다.

예전에 미국에서 본 노인들이 하나같이 느긋해 보였던 게 떠올랐다. 수영장에서는 여유롭게 독서하는 노인들이 많았다. 수

영할 생각은 애당초 없었던 것처럼 선베드에 편안히 누워 책 읽기에 열중했다. 손에는 추리소설 같은 흥미 위주의 책들이 많았다.

그때는 '왜 굳이 수영장까지 와서?' 싶어 전혀 부럽지 않았다. 그러나 낡은 울타리를 열심히 닦는 노인을 보며 '정말 부지런하게도 사시네. 나는 울타리는커녕 집 안조차 반짝이게 닦은 적은 없는데……'라며 반성하던 나도 이제는 수영장에서 여유롭게 쉼을 즐기는 노인으로 늙어가고 싶어졌다.

머리카락 한 올 있다고 당장 치울 필요도 없고, 빨래를 바로 바로 세탁하지 않아도 사는 데는 큰 문제가 없다는 걸 받아들일 수 있게 되어서다. 필요 이상으로 사용하던 노동 시간을 줄이고 여유 시간을 갖는 데 집중하자 나도 얼마든지 수영장에서 책을 읽던 노인들처럼 여유롭게 늙어갈 수 있겠다는 자신감이 생겼다.

나한테 맞는 옷은 따로 있다

『노력의 배신』이라는 책으로 유명한 연세대학교 심리학과 김영훈 교수는 우리나라 사람들이 노력만 하면 뭐든지 다 잘할 수 있다고 믿어온 것은 큰 착각이라고 말한다. 타고난 재능은 노력으로 절대 이길 수 없다는 것이다. 천성적으로 살이 잘 찌는 체질로 태어난 사람이 다이어트를 한다거나, 수학적 재능이 없는 아이에게 수학 못한다고 다그쳐봐야 소용이 없다는 말이다. 그러니 자신이 타고나지 못한 재능을 노력으로 이겨보려는 무리수를 두지 말고, 타고난 재능의 차이를 인정하고 받아들이는 것이 현명하다고 주장한다.

나도 그 의견에 전적으로 동감한다. 나는 노래를 너무 못해서 고민이었다. 젊을 때는 "아나운서 맞아? 그 목소리 가지고 그게 노래야? 목소리가 아깝다, 아까워" 같은 핀잔도 많이 들었다. 남몰래 개인 레슨도 받았는데 전혀 늘지 않았다. 음감과 리듬감을 키우기 위해 매일 노래를 들으며 노력했는데도 여전히 가벼운 전조나 음 이탈마저 제대로 잡아내지 못했다. 그러다 보니 노래를 불러야 하는 자리는 즐겁기보다는 스트레스 그 자체였다.

방송국에서 일할 때는 라디오 음악 프로그램을 자주 진행했다. 음악에 대한 지식을 넓힐 겸 악기 하나는 꼭 다루고 싶어서 피아노, 기타, 바이올린 등 여러 악기를 전전하며 배우려고 노력했다. 재능이 없는 줄 알기에 정말로 열심히 연습했지만, 불행히도 극복하지 못했다. 기본음을 잡는 과정마저 남들보다 몇 배는 더 걸렸다. 진전이 없으니 곧 지쳤고 흥미도 사라졌다.

내가 그나마 적성에 맞는 직업을 구했으니 망정이지 나에게 맞지 않는 일로 생계를 꾸렸다면 얼마나 고통스러웠을까. 노력만으로는 잘하기 어렵다는 것을 미리 깨달았기에 아이들이 초등학생 때 바이올린 수업을 받고 싶지 않다고 했을 때도 억지로 더 권하지 않을 수 있었다.

우리에게는 노력 만능 시대가 상당히 오래 지속되었다. '구르는 돌에는 이끼가 안 낀다', '하늘은 스스로 돕는 자를 돕는다' 등 노력해야 결실을 얻는다는 의미의 말들이 얼마나 많은

가? “진짜 죽을 만큼 노력해 본 적 있어?” “너 자신에게 부끄럽지 않을 만큼 노력한 거 맞아?” 같은 말로 더 노력하라는 압박도 당연시된다.

캐나다의 저널리스트 말콤 글래드웰은 『아웃라이어』라는 책에서 하루 네 시간씩 10년간 노력하면 뭐든지 이룰 수 있다고 주장해 큰 주목을 받았다. 우리나라에서도 많은 이들이 이 책을 읽고 따라했다. 그러나 최근에는 하버드대학교 교수 마이클 샌델이 『공정하다는 착각』에서 “성공은 운이다”라고 주장해 주목을 받고 있다. 단지 노력만으로는 성공이 불가능하다는 점을 인정하자는 것이다.

김영훈 교수는 어떤 일을 잘하기 위해 어려움을 견디고 노력하는 힘이 자기 조절 능력인데, 그런 능력마저 타고난다면서 노력의 무기력함을 말한다. 타고난 능력이 적으면 적은 대로, 많으면 많은 대로 인정하고, 억지로 노력으로 바꾸려고 하지 않는 것이 현명하다는 뜻이다.

나 역시 오랫동안 노력하면 성공할 수 있다고 굳게 믿으며 스스로를 많이 채찍질했다. 능력보다 더 많은 것을 원했고, 더 많이 얻지 못하면 내 노력이 부족한 탓으로 결론지으며 자기 학대를 서슴지 않았다.

20세기를 대표하는 피아니스트 중 한 명인 블라디미르 호로

비츠가 기자와 인터뷰할 때였다. 기자는 기교와 표현력에서 균형을 잃지 않는 정교한 연주가 피나는 연습의 결과물일 거라고 짐작하고 그에게 질문했다. "선생님은 하루에 몇 시간씩 연습을 하시나요?" 이 말을 들은 호로비츠는 "나는 피아노 연습 같은 것은 안 한다네" 하고 대답했다.

그런데 기자가 인터뷰를 끝내고 그의 집을 나서자마자 피아노 소리가 들렸단다. 호로비츠는 피아노 연주를 연습이 아닌 노는 것이라고 생각했던 것 같다. 어떤 분야에서 타고난 재능을 가진 사람은 그것을 놀이처럼 즐긴다. 아무리 노력한다 해도 그런 사람을 이기고 성공하기는 힘들 것이다.

이제 막 초등학교에 입학한 손녀는 유치원생일 때부터 노는 시간마다 책을 만들었다. A4 용지에 뭔가를 그리고 쓰고 오려 붙인 다음 낱장들을 풀로 붙여 묶는데, 모양이 그럴듯해서 누가 봐도 나름 책이라고 인정할 만하다. 누가 가르쳐준 것도 아닌데 말을 배우고 난 후로 자기는 책 만드는 것이 좋다면서 대부분의 시간을 책 만들기로 보낸다. 나중에는 작가가 될 거라고 했다. 가족 중에 책을 쓴 사람이 많아 "핏줄은 속일 수 없다더니" 하며 함께 웃곤 한다.

손녀가 만드는 책은 그림책이다. 그림도 그리고 글도 쓰는데, 점점 글자 수가 늘어나고 있다. 가끔 내가 아들 집에 방문하면 손녀가 같이 놀자며 자기가 책 만드는 것을 구경하라고 한다.

아이를 키워보니 다섯 살만 돼도 타고난 재능이 뭔지 조금씩 눈에 띄었다. 큰아들은 다섯 살 무렵 블록을 기가 막히게 잘 쌓았다. 먹는 것을 좋아해 좀처럼 밥을 거르지 않는 아이였지만 선물 받은 새 블록을 쌓기 시작하면 원하는 모형이 완성되기 전에는 밥 먹는 것도 미루었다. 결국 원하는 일을 찾아 건축가가 되었다.

작은아들은 같은 나이에 지금의 손녀처럼 뭔가 쓰고 그리고 하면서 혼자 중얼거리기를 좋아하더니 10대 때부터 책을 썼다. 타고난 재능에 맞춰 도와줬더니 힘들이지 않고 자기 길을 찾아간 것 같다. 아이들은 시키지 않아도 재미있으면 열심히 했다. 타고나지 않은 재능을 억지로 키워주려고 할 때는 화내고 거절했고, 그래도 억지로 시키면 하긴 했지만 성과가 전혀 없었다.

사춘기 때 나는 사내아이처럼 덤벙댄다는 지적을 꽤 받았다. 또래 여자아이들이 잘하는 자수나 원예, 요리 같은 것을 열심히 해봤지만 결과물은 항상 좋지 않았다. "뭐든 대충 하니까 한 가지도 잘하는 게 없는 거야" 같은 지적을 듣곤 했다.

완벽하게 해내고 싶은데 그렇지 못할 때마다 노력 부족을 탓하며 스트레스를 많이 받았다. 그 때문인지 사회생활이라도 빈틈없이 해내려고 사소한 일도 철저히 노력해서 잘하는 것을 목표로 삼았다. 지금 와서 생각해 보면 필요 이상으로 애쓰며 자기를 괴롭혔던 것 같다.

타고나지 않은 일은 잘하기 어렵다는 것을 인정한 후부터 그동안 내가 얼마나 목표를 높게 잡고 불안해했나 깨달았다. 재능보다 노력을 높이 쳐주는 사회 분위기 때문에 혹사된 게 아닐까 생각하기도 했다.

근면 성실을 강조하는 사회에서 살아남으려면 나뿐만 아니라 많은 사람들이 하고 싶은 일이 아니라 주어진 일에 충실해야 했다. 해야 할 일을 잘해내려고 애쓰도록 길들여져서 자기도 모르게 완벽주의자가 되는 것 같다. 직장 상사들은 직원들이 업무 수행 능력뿐만 아니라 성실성과 사교성까지 두루 갖추기를 원한다. 나 역시 사회생활을 하는 동안 여성이라는 마이너리티로서 살아남기 위해 죽기 살기로 애쓰며 살았던 것 같다.

어디 사회생활뿐일까? 일상생활에서도 다양한 재능을 요구받는다. 한 집안의 '엄마'는 식사 준비부터 세탁, 청소, 친인척 행사 챙기기 등 모든 일을 척척 다 잘해야 했다. 어릴 때부터 똑같이 연습했어도 잘하는 사람과 못하는 사람이 따로 있어서 모두가 다 잘할 수 있는 것은 아니다. 어떤 친구는 우리 할머니 못지않게 청소를 잘했고 뚝딱뚝딱 요리도 쉽게 했다. 반면 나처럼 아무리 노력해도 잘 못하는 사람도 있다.

요리하는 것을 좋아하는 친척 S가 새로운 요리법을 선보인다며 거의 매주 나를 집으로 초대한 적이 있다. 나로서는 고마웠지만 미안하기도 해서 귀찮지 않냐고 물었더니 “귀찮긴요? 저는 요리할 때 제일 즐거워요”라고 했다. 정말로 즐겁다는 것이 표정에 드러나곤 했다. 답례로 S를 초대하려고 몇 날 며칠 요리를 해봤는데, 맛도 플레이팅도 썩 마음에 들지 않았다. 내가 만든 ‘못난이’ 요리들은 결국 가족들이 해치워야 했다.

이제까지의 경험으로 미루어 앞으로는 내가 잘하지 못하는 일들은 굳이 애쓰며 버둥대지 않기로 마음먹었다. 재능이 없는데 잘하려고 노력하면 성과 없이 에너지만 고갈될 뿐이다. 앞으로는 뭐든 더 잘 해보려는 마음을 접어두고 필요한 만큼만 해보기로 나를 다독이겠다.

오랜 직업병에서 깨어나기

"어머, 아나운서셨다고요?"

처음 만난 사람에게 내 경력을 밝히면 다들 예외 없이 되묻는다. 물론 흔한 직업이 아니긴 하다. 지금도 그렇지만 내가 일할 당시는 방송국도 지금만큼 많지 않던 시절이니 더 말할 것도 없다. 이 일을 선망하는 사람들이 제법 있다는 것도 잘 안다. 대체로 호의적이지만 실제로는 다소 부담스럽다며 피하는 사람들도 종종 있다. 아나운서 출신이니 말할 때마다 내용과 발음을 확인할 것 같아서라고들 했다. 문자메시지로 대화를 주고받을 때는 글자가 틀릴까 봐 긴장된다고 했다. 그래서 은퇴 후 친구 사귀기가 오히려 쉽지 않았다. 사람들의 선입견이 아주 틀린 것은 아니니 굳이 해명하지는 않았다.

그렇다. 아나운서는 우리말을 바르게 발음하는 방법을 지독할 만큼 철저하게 훈련 받는다. 올바른 발음이 입에서 저절로 튀어나올 만큼 체화되어야 하기 때문이다.

얼마 전 텔레비전 채널을 돌리다가 아나운서들이 출연하는 예능 프로그램을 보게 되었다. 아나운서실 선후배 간의 엄격한 서열, 발음 훈련, 시간 맞추기, 의상 코디, 일상생활의 예절 교육 등이 나오니 현직에 있을 때의 내 모습이 떠올라 흥미로웠다.

그 프로그램을 시청했다는 지인 H는 "아나운서라는 직업이 화려하다고만 생각했는데 알고 보니 고된 직업이더라고요"라고 했다. 영화, 드라마, 발레, 연극, 뮤지컬 공연, 악기 연주 등 화면이나 무대를 통해 특정 메시지를 전달하는 대부분의 직업인들처럼, 아나운서도 카메라 앞에 서서 메시지가 잘 받아들여지게 하려면 시청자들이 바람직하게 여기는 이미지를 갖춰야 한다. 사람들의 눈높이에 맞는 이미지 만들기 훈련이 필수다. 나의 고유한 모습을 숨기고 타인들이 원하는 모습이 되어야 하니 훈련이 까다롭고 고될 수밖에 없다.

그렇기 때문에 어렵게 아나운서 시험에 통과하고도 체질에 맞지 않는 사람들은 훈련 중에 퇴사하곤 한다. 나에게는 아나운서 훈련이 우리 집의 엄격한 가정교육과 비슷하게 느껴졌는데, 그 덕분에 적응을 잘해서 20년 동안이나 일할 수 있었다.

반면, 이런 식으로 사회와 가정에서 받은 엄격한 교육으로 나보다 타인을 먼저 의식하게 되었다. 거기에 전문적으로 타인이 원하는 이미지 만들기 훈련까지 더해지니 너무나 자연스럽게 나를 뒷전에 두고 남들 기준에 맞추는 부작용도 생겼다.

어느 날 갑자기 이제까지의 '나다움'을 버리겠다고 결심한 것도 나를 뒷전에 두고 남들 눈에 맞춰 살며 생긴 압박감을 더 이상 견딜 수 없다는 생각이 들었기 때문이다. 그래서 나는 아나운서라는 직업이 가져온 문제들을 조목조목 해체해서 내가 원하는 정도로 유연하게 재조립하기로 했다.

흔히 빠지기 쉬운 아나운서의 직업병은 크게 세 가지를 꼽을 수 있다.

첫째, 말의 내용 못지않게 발성과 발음에 민감해지는 것이다. 내용이 좋아도 말하는 사람의 발성과 발음이 안 좋으면 내용에 집중하기가 어렵다는 게 문제다.

어느 날, 오랜만에 만난 입사 동기가 우리 동네 성당에 다니기 시작했다는 소식을 들었다. 그녀는 나보다 더 오래 외국에서 살다가 최근 돌아왔는데, 성당에 다니려고 알아보던 중에 집에서도 가깝고 신부님의 발음과 발성이 좋은 우리 동네 성당으로 결정했다는 것이다. 내가 가톨릭 신자인 걸 아는 그녀는 일요일 아침 9시 미사를 집전하는 신부님이 특히 발음·발성이 좋다면서 나에게도 그 시간에 나오라고 했다.

얼마나 좋으면 그렇게 말하나 싶어 직접 확인도 할 겸 그녀를 만나러 갔다. 미사가 끝난 후 몇몇 교우들과 함께 휴게실에서 커피를 마실 때였다. 동기는 나에게 "신부님 발성이랑 발음, 너무 좋지? 내 말이 맞지?" 하고 물었다. 나는 "그래, 네 말이 맞더라" 하고 동의했다.

일행 중 한 명이 "언니들은 신부님 발음에 그렇게나 민감하세요?"라며 놀라워했다. 우리는 입을 모아 "직업병이야. 우리는 아무리 유명한 명강의도 강사 발음이 나쁘면 내용이 머리에 안 들어와"라고 대답하고는, "오죽하면 아침 일찍 일어나서 이 시간에 오겠어?" 하며 웃었다.

이 세상에서 받침이 있는 언어는 매우 드물다. 받침이 있는 언어는 받침이 연음되거나 단절음이 되어야 하는데, 그러다 잘못 전달되면 전혀 다른 뜻이 될 수 있어 조심스럽다. 우리나라 아나운서의 발음 훈련이 특히 중요한 이유다.

대부분의 직업병이 그렇듯 아나운서들도 모든 대화 상대를 일일이 체크할 정도로 '중증'인 건 아니다. 청중 앞에서 강연, 설교, 발표하는 사람의 발음에만 엄격할 뿐이다. 누군가와 함께 강연이나 발표를 들으러 갔다가 나도 모르게 강단에 선 사람의 발음을 평가해 가끔 오해를 사긴 한다. 그러고 보면, 사람들이 대화 중에 자기 발음을 체크할까 봐 나와 가까워지는 것을 부담스러워할 수도 있겠다 싶다.

아나운서의 두 번째 직업병은 칼같은 시간 관리다. 뉴스를 진행할 때는 스튜디오 안에 시계가 있더라도 밖에서 송출 담당 엔지니어나 진행을 확인하는 기자 또는 PD 중 한 명이 반드시 30초 전부터 손가락으로 남은 시간을 카운트하며 끝낼 준비를 하라는 사인을 보낸다. 단 1초의 오차도 없이 끝내야 하기 때문이다. 그러지 못하면 다음 프로그램에 지장을 줄 뿐만 아니라, 방송 사고로 처리되어 문책을 당한다.

뉴스뿐만 아니라 모든 생방송은 다음 프로그램에 지장을 주지 않기 위해 끝나는 시간이 칼같다. 그렇다 보니 아나운서는 시간을 초 단위로 계산하는 데 익숙하고 그만큼 예민하다. 일할 때만 그런 게 아니라, 일상생활에서도 이런 영향을 받는다. 그러니 조금 과장해서 말하면, 상대방이 약속 시간을 조금만 어겨도 관계를 파탄 낼 준비가 되어 있는 셈이다.

나는 농담 겸 진담으로 "5분 못 기다려서 좋은 남자 다 놓쳤어"라고 말하곤 했다. 실제로 소개팅에 5분 늦은 남자는 만난 적이 없다. 3분 이상 기다리지 못했다. 지인들은 내가 까탈스럽다며 점점 소개팅 주선을 꺼렸다. 5분이 50분으로 느껴질 정도로 시간관념이 너무 철저해 강박적이기도 했을 것이다.

아나운서라는 직업의 세 번째 직업병을 든다면, 새벽이건 늦은 밤이건 흐트러진 모습으로 외출하지는 못한다는 것이다. 특히 우리나라의 경우 아나운서는 언제 어디서나 단정하고 세련된 모습이어야 한다고 사람들이 믿는 경향이 있다. 꾸미지 않고 외출했다가 "저 사람 아나운서라던데 옷차림이 저게 뭐야?" 같은 말을 들으면 그동안 잘 만들어낸 이미지가 훼손될 수 있으므로 그런 비난을 피하도록 철저히 훈련받는다.

아나운서 경력이 꽤 늘었을 무렵, 장기근속 아나운서들 몇 명과 일본 NHK 방송국으로 연수를 간 적이 있다. 이때 한 세션에서 양국 아나운서들이 만나 자국 시청자들을 만족시킬 수 있는 이미지에 대해 의견을 나누었다. NHK 아나운서들은 꾸민 티가 전혀 나지 않는 평범한 차림이었고 외모도 동네에서 흔히 볼 수 있는 정도였다. 그에 비해 우리 일행은 외모 테스트를 두 번 이상 거친 티가 났고 의상도 의도적으로 잘 차려 입은 듯했다.

NHK의 아나운서 실장은 아나운서는 이미지를 철저히 시청자의 눈높이에 맞춰야 거부감 없이 메시지를 전할 수 있다고 하면서, 아나운서가 시청자의 이웃집 사람들보다 더 예쁘거나 더 많이 꾸민 것 같으면 방송사로 바로 항의가 빗발친다고 했다.

당시에 우리나라 시청자는 아나운서가 일반인보다 돋보이는 것을 선호했고, 우리는 그에 맞는 이미지를 만들고 지켜야 한다고 생각했다. 요즘에는 종합편성채널 등 방송사들도 많아졌고 세대도 교체됐다. 또 아나운서와 엔터테이너를 합친 '아나테이너'라는 용어가 생길 만큼 아나운서들의 예능 프로그램

나들이도 빈번해졌다.

예전과 달리 시청자들의 눈높이도 바뀌어 아나운서의 옷차림에 대한 금기가 많이 사라진 것 같다. 그러나 우리 세대의 훈련받은 지상파 아나운서들은 은퇴 후까지도 언제 어디서건 몸가짐을 바로잡는 강박을 갖고 사는 경우가 많다.

나에게도 이런 직업병이 여전히 남아 있어 강연이나 설교를 들으면 발화자의 발음과 발성에 신경 쓰여 괜히 간섭할까 봐 조심한다. 그런데 시간 강박은 잘 고쳐지지 않는다. 예정된 일정이 조금만 변경돼도 불안하고 시간 약속이 어긋나면 조바심이 난다. 내가 전혀 모르는 사람이 나를 잘 안다며 다가올 때도 불편하다.

요즘 나는 이 모든 강박에서 벗어나기 위해 노력 중이다. 타인의 발음이나 시간 엄수 문제, 외모를 꾸미는 문제에서도 조금은 느슨해져 보려고 한다.

사실 한 직업에 오래 종사하다 보면 다들 이런저런 직업병이 생기는 것 같다. 대학교수였던 여동생은 누구에게나 '가르치려 들어' 내가 종종 일깨워준다. 건축가인 큰아들과 외출하면, 아들은 가끔 발걸음을 멈추고 "저 건물은 방수제가 덜 사용되었네요"라거나 "창문을 잘못 냈어요"라고 지적하곤 해서 내가 갈 길을 재촉할 때가 있다. 아마도 내가 모르는 직업병도 많을 것이다. 일상생활이나 다른 사람과의 관계에 때로 도움이 되거나 별 영향이 없을 수도 있겠지만, 조금이라도 걸림돌이 된다면 되돌아봐야 한다. 자신의 어떤 버릇이 타인에게 직업병 아니냐는 진단을 받으면 기분 나빠 할 것이 아니라 고치려고 노력할 때 관계 유지에 도움이 될 것이다.

나도 강연이나 설교에서 발음이 부정확한 연사에게 눈화살을 날리기 전에 내용에 더 집중해 보기로 했다. 요즘에는 잘 꾸미기보다는 자연스럽게 꾸미는 게 대세라고 하니 메이크업이나 옷차림도 편하고 자연스러워 보일 정도로만 신경 써보기로 했다. 이러다 점점 마음도 너그러워지는 게 아닐까. 나처럼 직업병이 불편하다면 참고하기를 바란다. 과거가 우리의 현재를 발목 잡지 않게 말이다.

가끔은 시간에도 여백이 필요해

내가 어릴 때 본 우리 외할머니는 정말로 부지런하셨다. 사실 이전 시대의 거의 모든 할머니들이 그러셨다. 식사를 마치자마자 설거지를 시작하지 않으면 “그렇게 게을러서 어디에 쓰겠느냐?”며 불호령도 내리셨다. 귀가한 후 벗은 옷이나 사용한 물건은 재깍재깍 제자리에 놓고, 빨랫감은 곧장 빨래 통에 넣는 등 모든 일을 즉각 처리하지 않으면 무섭게 화를 내셨다. 그래서 생긴 버릇인지 나는 식당에서도 식사 후 빈 그릇들을 차곡차곡 포개곤 했다. 한번은 재미교포인 한 친구가 “종업원도 아닌데 고객인 네가 왜 그래?” 하며 핀잔을 준 적이 있을 정도다.

무슨 일이건 잽싸게 처리하는 것이 '나다움'으로 굳어져 허둥대지 않아도 될 때마저 허둥대며 바쁘게 살았다. 딱히 생산적인 일이 아니어도 찾아내어 일했고, 그러지 않고 빈둥거리면 불안해했다. 여행 가면 한 군데라도 더 보는 것이 남는 것이라며 일행들을 다그쳐 원성을 산 적도 여러 번 있다.

"그렇게 빈둥거릴 시간에 뭐라도 찾아서 해라. 찾아보면 할 일이 수두룩할 거다."

외할머니의 딸답게 어머니는 이런 잔소리를 자주 하셨다. 그렇다 보니 나 역시 누군가 빈둥거리는 모습을 봐주지 못하게 됐다. 회사에서 후배들이 아무 일도 하지 않고 앉아 있으면 "찾아보면 할 일 많아. 스스로 찾아서 해"라는 말이 종종 목까지 차올라왔다. 자제하려고 노력했지만 매번 화가 들끓어 나도 모르게 잔소리가 터져 나왔을지도 모르겠다.

이제까지 나는 두 아들이 빈둥거리는 모습을 본 적이 없다. 아이들이 태어난 후로 내가 빈둥거릴 틈을 주지 않아서일 것이다. 그 사실을 잘 알지 못하는 사람들은 "아이들이 틈날 때마다 책을 읽으니 좋으시겠어요" 하고 말하곤 했다.

나도 그렇게 믿으며 살아왔는데, 최근 뇌과학자들의 연구 결과를 보고 달리 생각하게 되었다. 어떤 일을 하고 나서는 잠시 정보가 숙성될 시간을 줘야, 그러니까 조금은 빈둥거려야 뇌에 정보가 더 잘 입력된다는 주장이었다. 아이들에게 책을 연이어

열심히 읽게 하기보다는 적당히 빈둥거리는 시간을 주어야 했음을 뒤늦게 지적 받은 셈이었다. 그러나 빈둥거림을 부정적으로 인식하는 내 뇌는 이런 식의 변환을 쉽게 받아들이지 못했다.

뇌 속 정보를 숙성시킬 정도의 빈둥거림이 중요하다는 점이 밝혀진 후로 여기저기서 명상하라, 불멍하라, 물멍하라, 심지어 숲멍하라고 강조해서 나도 시도해 보았다. 그러나 머리를 비우고 멍하게 있어보려고 하면 할수록, 당장 해치워야 할 일들이 차례로 눈앞에 떠올라 머리가 더욱 분주해지곤 했다.

이런 경험들이 쌓이면서 객관적으로 나를 다시 보게 되었다. 남들보다 더 부지런했다고 해서 더 많이 이룬 것도 없었다. 그 무렵 나의 이런 생각이 옳다는 것을 증명해 주는 일이 주변에서 몇 번 목격되었다.

대표적인 사례가 어릴 적부터 알고 지낸 K 자매의 일이었다. 그들의 아버지는 사업가로 승승장구하던 중 이른 나이에 돌아가셨고, 그 후 전업주부이던 어머니가 악전고투 끝에 딸 둘, 아들 하나를 반듯하게 길러냈다고 했다. 물론 두 딸의 협력이 절대적인 힘이 되었다.

장녀인 K는 한눈팔 시간 없이 항상 바빴다. 국문학을 전공한 그녀는 어머니와 함께 가계를 꾸리느라 학업 중에 온갖 알바를 다 했다. 과외로는 자기 앞가림 정도밖에 할 수 없었기에 편의

점 알바같이 힘쓰는 일도 마다하지 않았다. 그러다 보니 지금도 잠시라도 빈둥거리는 자신을 용서하지 못한다고 했다. 어쩌면 이런 비슷한 성향 때문에 우리가 더 친해졌을지도 몰랐다.

반면 그녀의 여동생은 느긋한 편이었다.

"내가 세상에 그렇게 게으른 아이는 본 적이 없어요. 가끔 내 동생 맞나 하는 생각이 들 정도예요."

가끔 K는 나에게 동생에 대한 불만을 털어놓았다. 동생은 별 일 없이 침대에서 뒹굴면서도 방을 치울 생각조차 안 하고 빈둥거린다고 했다. "그 애는 발등에 불이 떨어져도 태평할걸요? 도대체 사회생활을 제대로 할 수나 있을지 걱정이에요."

동생은 공부에도 느긋해서 언니와 달리 명문대를 나오지 못했다. 다만 평소에는 게으른데 몸치장하는 데는 그렇게 재빠를 수가 없었다. 대학 졸업 후 하는 일 없이 빈둥거리다가 틈나는 대로 몸치장에만 신경을 써서 엄마와 언니를 자주 속상하게 했다.

그러던 어느 날, 그녀가 가족들을 깜짝 놀라게 했다. 인터넷을 기반으로 한 의류 쇼핑몰이 잘 운영되고 있다는 것이었다. 동생의 안목이 좋아서인지 점차 매출이 늘어나 언니에게 마케팅 알바를 맡길 정도가 되었다. K는 동생이 자기네 회사로 들어와 중요한 일을 맡아달라고 제안했다며, 예전처럼 빈둥거리면서 회사의 온갖 잡일을 다 미룰 것 같아 망설이고 있다고 자랑 섞인 걱정을 늘어놓았다.

형제자매 중에도 기질이 정반대인 사람이 있을 수 있다. 매사에 빈틈없는 언니에, 게으르고 허술하지만 아이디어가 번득이는 동생도 있고, 그 반대의 경우도 많다. 그런데 책임감이 강하고 성실한 사람은 문제를 발견하면 그 즉시 솔선해서 해결하려고 나서서 대체로 고달프게 산다.

K 역시 동생이 나설 겨를 없이 앞장서서 엄마를 도와 가정을 잘 이끌었다. 그녀는 항상 쫓기며 고달프게 살았다. 그런데 언젠가 K의 동생이 언니가 집안일을 알아서 척척 잘 챙기기 때문에 굳이 자신이 나설 필요를 못 느낀다고 말했다. 정신이 번쩍 났다. 나 역시 모든 집안 문제는 나 없이는 해결 못 한다고 믿어왔다. 내 지나친 책임감이 오히려 동생들의 방관을 부추겼을지 모른다는 생각이 들었다.

앞장서서 일처리를 잘하는 것이 반드시 주변 사람에게 도움이 되는 것은 아니다. 가족 공동체 유지에는 해결해야 할 숙제들이 많다. 그럴 때 모든 짐을 혼자 다 지고 나서 불평하지 않으려면 처리 속도가 좀 늦는 사람에게도 일거리를 나눠 주고 해결하게 만들어야 한다.

카프카의 소설 『변신』에서 주인공 그레고르 잠자 역시 자신이 책임지지 않으면 가정이 무너질 거라고 믿으며 직장이 싫어도 참으며 최선을 다했는데, 자신이 갑자기 벌레로 변한 후 예상을 뒤엎고 가족들이 알아서 살림을 잘 꾸려나가자 충격을 받는다.

K 자매를 보며 '과연 근면 성실하게 살라던 어른들이 말씀이 다 옳기만 한 것이었나?'라는 의문이 떠올랐다. 1872년에 태어나 1970년에 세상을 떠난 영국의 철학자 버트런드 러셀은 『게으름에 대한 찬양』이라는 책을 썼다. 그는 많은 현대인들이 자신의 무능력과 게으름에서 불행의 원인을 찾는다면서, "행복해지려면 게을러지라"고 말했다.

그는 현대 기술문명이 인류를 편안하고 안정적으로 살 수 있는 가능성을 열어놓았는데도 인류는 그런 혜택을 누리지 못하던 때와 다름없이 '과잉 노동'과 '과잉 생산'으로 과로와 굶주림에서 자유롭지 못하다고 분석했다. 근대 이전에는 소수 특권층만 누릴 수 있었던 '게으름의 기회'가 누구에게나 제공되지만 '근로의 미덕이 최고'라는 강박관념에서 벗어나야만 그것을 누릴 수 있다는 것이다.

지금으로부터 50여 년 전에 세상을 떠난 그가 오늘날 마치 현대인의 모습을 보고 쓴 것 같았다. 생활의 편리를 돕는 기술이 눈부시게 발전했음에도 왜 사람들이 예전보다 더 분주한지나 역시 궁금했는데, 이 책을 보니 이유를 알 것 같았다. 자신에게서 조금 떨어져 객관화해 보니 '맞아, 너무 각박하게 살아야 했던 우리 할머니 시대는 근면 성실이 중요했겠지. 지금은 그게 아닌 것 같아. 빨래, 청소, 심지어 설거지까지 기계에게 맡길 수 있는 지금은 느긋하게 자신을 돌아보는 여유를 갖고 살아야 잘 사는 거야'라는 결론을 얻을 수 있었다.

문제는 빈둥거리는 것을 죄악시하는 오랜 사고방식을 어떻게 바꿀까 하는 것이었다. 나는 일단 하루 일정을 빽빽하게 짜지 말고 중간중간 비는 시간을 만들어두기로 했다. 빈 시간에는 뭘 하겠다는 생각을 하지 않고, 잡념이 머릿속을 분주히 오가더라도 가만히 놔두기로 했다. 차를 마실 때는 오롯이 차 맛에만 집중하는 등 나름대로 여백이 있는 시간을 한두 번 가져보았다.

그렇게 작정했음에도 처음에는 익숙하지 않아 나도 모르게 할 일을 찾고 있었다. 미뤄둔 전화 통화를 하거나 문자메시지를 보내거나 웹 서핑을 하는 식이었다. 독하게 마음먹고 안 풀리는 발표 자료를 밀쳐두고 아무 생각 없이 소파에 늘어져 빈둥거려도 보았다. 시간이 좀 지나자 '내가 왜 그 생각을 못 했지?'라며 무릎을 칠 만큼 주제에 딱 들어맞는 내용과 그림이 떠올라 곧바로 만족스럽게 발표 자료를 완성할 수 있었다.

이 책을 집필하는 동안에도 글이 잘 안 풀릴 때 잠깐씩 빈둥거렸더니 오히려 이야기가 술술 풀리는 것을 종종 경험했다. 이런 경험들이 쌓이면 나도 조금 더 여유롭게, 조금 더 느긋하게 살아갈 수 있을 것 같다. 작은 변화의 불씨를 꺼트리지 않고 살려나가야지.

남의 성공 공식에 나를 꿰어 맞추지 않겠어

한 모임에서 동정 어린 발언들이 쏟아졌을 때였다.

“정말이야? 코인에 투자했다가 쫄딱 망했어?”

“변두리 작은 빌라로 이사도 했다고?”

회사원인 남편의 월급으로 살던 그녀가 몇 년 전부터 재테크에 몰두하기 시작했다. 급기야 성공해서 돈을 꽤 벌었다는 소식도 들렸다. 어느 순간부터는 명품으로 휘감고 모임에 나타났고, 씀씀이가 넉넉해 사람들에게 인심도 꽤나 얻었다.

그녀의 성공 비결은 부동산 교실이며 각종 재테크 강의를 쫓아다니며 열심히 공부한 것이라고 했다. 투자에 성공해 웬만한 월급쟁이보다 소득이 높다고 했는데, 강남에 있는 유명 브랜드 아파트 한 채와 상가 건물 등을 샀다는 말도 있었다.

한참 잘나가는 듯하던 그녀가 새로운 투자에 실패해 크게 어려워진 모양이었다. 웬만해서는 빠지지 않던 모임에 나오지 않자 사람들은 그녀의 몰락에 대해 수군거렸다. 처음에는 동정적이었다. "얼마나 속상할까"부터 시작해서 "아무거나 잘 안 먹던데, 많이 힘들겠네" 같은 말도 나왔다.

그러다가 은근히 그녀에게 질투를 느껴온 한 사람이 "그이 참 욕심 많았네. 그렇게 돈이 많은데 뭐 하러 코인 투자까지 했대?"라고 말했다. 마치 기다렸다는 듯 여기저기서 "그러게, 너무 욕심 부리긴 했어"라며 동조하는 목소리가 이어졌다.

그녀에 대한 관심은 얼마 가지 않았다. 대신 최근 강남 아파트 재개발로 대박을 쳤거나 코인 투자로 벼락부자가 된 각자의 지인 이야기에 몰두했다. 실패보다는 성공에 더 끌리는 법이다. 모임에 참석한 사람들은 새로운 성공 사례를 반찬 삼아 즐겁게 떠들다가 헤어졌다.

언제부터인가 각종 투자로 떼돈을 번 사람들 소식이 심심치 않게 들려왔다. 그럴 때마다 '나는 왜 항상 힘겨운 노동을 통해서 푼돈이나 벌려고 하지?'부터 '나는 겁쟁이라서 투자 같은 건 못하니까 죽어도 그런 큰돈은 못 만져볼 것 같아' 같은 자괴감으로 마음이 불편해지곤 했다. 딱히 돈을 밝히지는 않지만 큰 노력 없이 부자 되는 것은 은근 부러웠던 모양이다.

그러나 그녀의 실패를 들은 이후로 남의 성공을 무작정 부러워하지는 않기로 했다. 오히려 벼락부자가 된 사람들을 무작정 따라 하지 않았음에 안도했다. 그동안 과감한 투자로 부자가 된 사람들과 투자가 두려워 제자리걸음만 하는 나를 내심 비교하며 마음이 불편했기 때문이다. 이제 남의 성공을 부러워하는 태도부터 버리겠다고 결심했다.

그럼에도 '혜성처럼 나타난' 스타를 칭송하는 보도에는 눈이 가게 마련이다. 요즘은 연예인뿐 아니라 요리사, 스포츠선수, 사업가 등 다양한 분야에서 스타들이 탄생한다. 그와 함께 그 사람의 신화를 좇으려는 사람들이 줄을 잇는다. 성공하기까지의 고된 과정은 생략되고 빛나는 결과만 바라보다 낭패 보는 사람들 소식도 들린다. 사실 갑자기 주목받는 스타들 역시 적게는 몇 년부터, 길게는 수십 년을 오랫동안 무명으로 참담한 시절을 견뎌낸 사람들이다.

주식, 부동산을 넘어 그림, 코인, 명품 투자까지 각종 투자에 성공해서 벼락부자로 떠오른 사람들 이야기도 자주 등장한다. 사례들이 많다 보니 마치 예전보다 부자 되기가 쉬워진 듯 보인다. 그러나 허무한 몰락 소식도 많다. 우리 귀에 선뜻 안 들어올 뿐이다. 조금만 주의 깊게 들여다보면 벼락부자가 되는 것만큼 쉽게 망하는 경우도 많다.

몇 년 전 공직에서 갑자기 퇴직한 후배가 지중해 요리 레스토랑을 오픈한다는 소식이 들려왔다. 재직 중 유럽 출장을 자주 다녔는데, 그때 먹었던 지중해풍 음식들이 자기 취향에 딱 맞았다고 했다. 게다가 입맛이 까다로운 편이라 자주 요리를 해봤다는 후배였다. 그러던 그가 40대 후반에 사업해서 큰돈을 벌겠다며 자청해서 명예퇴직을 했다. 마침 언론의 주요 화두는 건강이어서 지중해 요리가 주목받고 있었다. 새로운 출발을 축하하기 위해 달려갔던 레스토랑에서는 고급 인테리어와 집기 등이 한눈에 들어왔다. 이렇게 공격적으로 투자해도 되나 싶을 정도로 과해 보였다.

지중해 요리라고 했는데, 메뉴판에는 유럽 여러 곳의 요리가 어지럽게 적혀 있었다. 깔끔하고 상큼한 지중해식 샐러드나 해산물 요리에 집중하는 것이 나을 것 같은데, 후배의 선택은 지중해의 다양한 요리였던가 보았다.

후배는 1년을 간신히 버티다가 결국 식당을 정리했다. 월급생활자가 누려보지 못한 부자의 삶을 꿈꾸던 그는 벼락 맞은 것처럼 급히 지인들의 시야에서 사라졌다. 이후 그의 소식은 들려오지 않았고, 그와 연락하던 사람들도 대부분 모른다고 했다.

남들이 사업으로 성공하면 결과만 보고 덤벼드는 사람이 간혹 있다. 막상 사업을 시작하면 아무리 면밀히 살폈어도 간파하지 못했던 문제점들이 숨어 있다가 차례로 나타나 뒤통수를 친다.

어쩌면 인간은 평생 성공이라는 신기루를 좇다가 세상을 떠나는지도 모르겠다. 나이가 들면 새로운 분야에 진출해 성공하기가 매우 어려운 일임을 알게 된다. 그래서 나이에 상관없이 할 수 있는 일에 쏠리는 것 같다. 부동산, 주식, 그림, 코인같이 일정한 돈만 있으면 시작할 수 있는 투자에 매달리기 쉽다. 그렇게 해서 벼락부자가 되고 부를 지킬 수 있다면 좋겠지만, 사실은 그 반대의 경우가 더 많다.

성공은 신기루와 같아서 멀리서 보면 금세 손에 잡힐 것 같지만, 신중하고 현명한 판단이 뒷받침되지 않으면 눈 깜빡할 사이에 거품이 되어 사라진다. 그냥 사라지는 것이 아니라 수많은 고통을 흔적으로 남긴다. '투자의 귀재' 워렌 버핏은 "위험은 자신이 하는 일을 모를 때 발생한다"고 하면서 어떤 투자이건 투자 전에 철저히 조사하고 자신이 하고 있는 일의 본질을 정확하게 파악한 다음에 시작하라고 강조했다.

'증권 분석의 아버지'로 불리는 벤저민 그레이엄도 성공하려면 무턱대고 투자하지 말고 객관적이고 합리적인 기준부터 확고히 한 다음에 접근하라고 말했다. 미국 최고 부자 중 한 사람인 조지 소로스는 "재미있는 투자는 돈을 벌기 어려운 투자다"라며 흥미를 끄는 투자 기회일수록 조심해야 한다고 경고했다.

요즘에는 투자 방식도 다양해져 코인이라는 새로운 화폐까지 생겼다. 그렇다 보니 코인 투자로 떼부자가 되었다는 성공

사례가 차고 넘친다. 그러나 이때야말로 "세상에 공짜 점심은 없다"라고 한 경제학자 밀턴 프리드먼의 말에 귀를 기울일 때다. 남의 성공 방식을 따라 하더라도 나대로 정보를 수집하고 공부에 피와 땀과 시간을 많이 투자해야만 성공을 기대해 볼 수 있다.

누가 카페를 차려 성공했다거나 코인 투자로 부자되었다는, 또는 외국 주식으로 큰돈을 벌었다는 등의 성공 신화는 실패가 뒤에 감춰진 포장된 신화인 경우가 많다. 남들처럼 성공하려면 그 분야를 충분히 안다고 자신할 정도로 공부하고 정보도 모으면서 나에게 맞는 투자 방식인지 거듭 확인해 봐야 한다. 실패할 수도 있다는 각오로 뛰어들어야 간신히 성공할 수 있는 것 같다.

남이 성공한 방법을 따라 했을 때 모두가 쉽게 성공한다면 세상에 성공 못 할 사람이 과연 있을까? 남들의 성공과 실패를 보고 들으면서 나는 성공에 연연하지 않고 실패를 걱정하지 않기로 했다. 투자란 돈의 문제이기 이전에 가능성의 문제이기 때문이다. 나만의 방법을 찾아서 성공하면 감사해하고 아니면 깨끗이 내려놓는 것만으로도 충분하다.

인생은 결코 계획대로 흘러가지 않는다

"일기예보가 왜 이 모양이야? 맞는 때가 한 번도 없어."

해가 반짝 나던 봄날, 마음먹고 꽃구경을 가려고 몇몇이 화사한 차림으로 창덕궁 앞에 모였다. 화창하게 맑은 날씨여서 모두 들떠 있었는데, 매표소를 거쳐 궁 안으로 들어가자 갑자기 구름이 몰려오더니 비가 후두둑 떨어졌다. 다들 화가 나 기상청을 원망했다.

창덕궁 나들이는 인기가 높아서 입장권을 구입하는 것도 만만치 않다. 인터넷 예매는 곧잘 동이 나고, 현장 판매를 기대하고 가면 매표소 앞은 줄이 길기 일쑤다. 방문하겠다고 한번 마음먹으면 일기예보를 열심히 보면서 계획을 철저히 세워야 한다.

그날은 비가 쏟아져서 우산 없이는 돌아다닐 수 없었다. 누군가는 기상청에 무한 책임을 물으며 화를 내고, 누군가는 "컴퓨터가 예측한 대로 안 움직이는 기상 상황도 있지 않겠느냐"며 다른 이를 달랬다. 이런 경우 나는 기상청을 원망하며 화내는 편이었다. 계획이 어긋날 만한 불가항력적인 상황이 있을 때도 화를 냈다. 결과가 달라지는 것은 변수 계산을 제대로 못한 게으름 때문이라고 믿는 편이었다.

나이 들면서 "인생은 뜻대로 되는 게 없다", "계획대로 되는 인생은 없다" 같은 어른들 말씀이 귀에 들어오긴 했지만, 계획이 어긋나는 상황에 대해 쉽사리 여유와 관용이 생기지는 않았다.

작은아들은 원래 대중 앞에 나서는 것을 싫어해 대학에서 리서치만 하는 연구교수가 되고 싶어 했다. 하지만 계획과 정반대로 남들 앞에 나서서 강연하는 직업을 갖게 되었다. 그런 결과에 실망한 건 바로 본인이었다. 아들이 살아가는 과정에서 품어왔던 계획을 늘 지지해 온 나 역시 꽤나 당황스러웠다. 시간이 지나며 아들은 계획과 전혀 다른 결과에서 예전에는 발견하지 못했던 자신의 새로운 면을 발견했다며 조금씩 적응해 나갔다.

아버지는 법대를 졸업하고도 소설가를 꿈꾸다가 할아버지의 노여움을 샀다. 그는 자신의 계획을 부친 뜻에 따라 수정하는 대신 자식을 통해 꿈을 이루고 싶어 하셨다. 장녀인 내가 초등학생 때 백일장 대회에서 몇 번 상을 타자 자신의 꿈을 대신 이룰 가능성이 있다고 믿고는 적극 밀어주셨다. 아버지는 당시에 유명했던 소설책들을 사 와서 나와 함께 읽고 토론하는 시간을 자주 가졌다.

그러나 집안 사정이 바뀌어 모든 계획은 수정이 불가피했다. 종갓집 살림을 도맡게 된 나는 아버지가 사다 주신 소설책을 읽기는커녕 입시 공부할 시간과 마음의 여유조차 없었다. 그래서일까? 동생들이 계획대로 결과를 내지 못하면 분노했고, 다행히 그런 닦달질이 통했는지 동생들은 사회적으로 인정받는 직업인으로 성장했다.

나는 직장 생활을 할 때도 계획이 차질을 빚는 것을 수치스럽게 생각했다. 그런 태도가 약간이라도 바뀐 것은 유럽 배낭여행에서 길을 잃어보고 난 후였다.

아이들이 초등학교 저학년일 때 우리 가족이 유럽으로 배낭여행을 떠난 적이 있다. 파리를 여행하다가 길을 잃고 헤매었는데, 어찌어찌해서 13구로 가는 지하철을 타게 되었다. 그때까지는 아프리카계 사람들과의 접촉이 거의 없었기에 지하철 안으로 갑자기 아프리카계 승객들이 밀려들자 우리는 매우 당황했다. 아이들은 약간 두려워했는데, 그중 몇 사람이 친절하게 말을 걸어왔고 곧 서로 인사를 나누면서 조금씩 마음이 편안해졌다.

이날의 경험은 아이들이 인종에 대한 편견이나 갈등에서 자유로울 수 있는 계기가 되었다. 나도 이때 이후로 세상에는 내가 생각했던 것과 다른 부분이 많다는 것을 체감할 수 있었다. 또한 계획대로 안 되는 일이 많으며, 계획대로 안 된다고 해서 큰 문제가 되는 것은 아니라는 어른들의 말씀에 조금 더 귀를 기울이게 되었다.

그러나 계획이 어긋나면 불편하고 화가 나서 나 자신을 괴롭히는 태도를 완전히 버리지는 못했다. 나이가 들수록 계획대로 되지 않는 일은 더 많아졌는데, 그럴 때마다 나는 화내며 스스로를 괴롭히는 자신과 마주하곤 했다.

이 책을 쓰기 위해 준비하는 동안, 전자레인지나 포스트잇 같은 생활 편의 도구들 중에는 계획과 달리 우연히 발명된 것들이 아주 많다는 사실을 알게 되었다. 전자레인지의 발명 과정은 이랬다. 미국의 물리학자 퍼시 스펜서 박사가 쉰 살에 한 회사에서 비행기 탐지 레이더의 성능을 높여주는 마그네트론이라는 물질을 개발할 때였다. 초콜릿을 좋아하던 그의 호주머니에는 항상 초콜릿이 있었는데 먹으려고 꺼내보니 너무 끈적였다. 햇빛을 받지도 않았고 방 안에 열이 있는 것도 아니어서 마그네트론 때문 아닐까 추측했다. 확인 차 마그네트론 옆에 옥수수 말린 것을 놓아두었더니 한참 후 팝콘이 되어 사방으로 튀기 시작했다. 이 발견으로 전자레인지를 만들었다고 한다.

이런 사례들을 알게 되자, 내가 참 오랫동안 답답하게 살아왔다는 생각이 들었다.

몇 해 전 이탈리아 여행 중에 종종 길을 잃고 헤맸던 일이 떠올랐다. 출발하기 전에 한국에서 소개받은 식당을 찾아갈 때였는데, 작은 골목이 미로처럼 엉켜 있어 자칫하면 엉뚱한 데로 가는 경우가 생겼다. 처음에는 '이 길이 아닌데?' 하며 당황했다.

그러다 뜻밖에도 가죽 제품이 매우 아름다운 가게를 발견했고, 나도 모르게 가게 안으로 들어가 귀국 후 선물로 줄 지갑 등 가죽 소품들을 샀다. 나중에 선물 받은 사람들이 너무 좋아해 길 잃은 보람을 찾기도 했다.

또, 돌아다니다 보니 갑자기 허기가 밀려와 뭐든 먹을 생각으로 골목에서 바로 눈에 들어오는 식당에 들어갔는데 분위기와 맛에서 너무나 만족스러웠다. 이런 식이라면 길을 잃는 것도 괜찮겠다 싶었다. 이전 여행에서도 종종 비슷한 경험을 했지만 그때와는 아주 달랐다.

오랫동안 현명하게 산 사람들은 인생이란 계획대로 되는 것이 아니라고 입을 모은다. 겪어보기 전에는 그 말을 믿기 어려웠는데, 살아볼수록 진리임을 실감한다.

인생이 계획대로 흘러가지 않으면 큰일이 벌어질 것 같지만 저절로 차선책으로 흘러가 정리되니 지레 걱정할 필요도 없다.

이미 지나간 것은 지나간 것이라며 털어내고 다가올 일에 집중하는 것이 훨씬 현명하게 사는 방법이다. 계획대로 결과를 내지 못한 것을 애석해한다고 해서 결과가 수정되지 않기 때문이다. 계획은 치밀하게 세우되 결과에 연연하지 않겠다는 생각이야말로 삶의 질을 높여주는 핵심 포인트이다.

5장

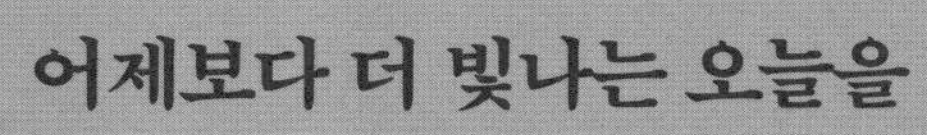

어제보다 더 빛나는 오늘을

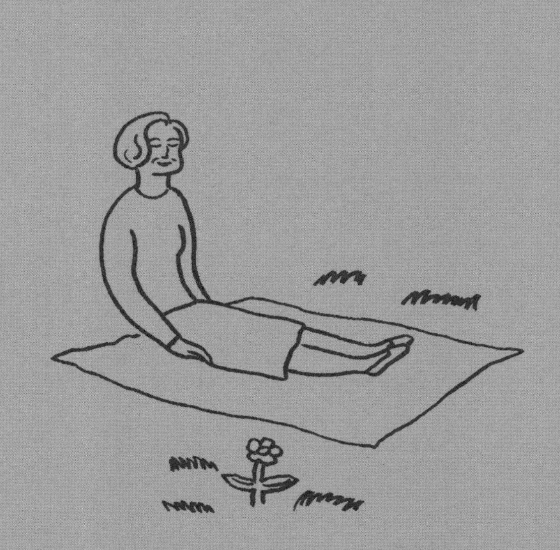

낯선 사람 속으로 걸어 들어가라

"아는 사람이 별로 없어서 가기 싫어."

프리랜서로 일할 때 한 후배가 나에게 사회 저명인사들이 많이 참석하는 와인 파티에 같이 가자며 연락한 적이 있었다. 누가 참석하는지 물어보니 후배가 말한 사람 중에 내가 아는 사람이 거의 없었다. 그들에게 나를 소개시켜 주고 싶어 한 후배의 마음은 고마웠지만, 참석은 어렵겠다고 사양했다.

그때까지 나는 새로운 모임에 초대를 받으면 대체로 아는 사람은 몇 명이나 있는지를 먼저 따지곤 했다. 물에 뜬 기름처럼 낯선 사람들에 둘러싸여 시간을 보내본 사람들은 얼마나 마음이 찜찜한지 잘 알 것이다.

그러나 따지고 보면 '원래 알던 사람'이란 친인척이나 학교 또는 직장에서 만난 친구들 정도 아닐까? 친분이란 건 일에 얽혀서, 또는 우연한 만남 이후 서서히 쌓게 되는 것인데도 새로운 사람 만나기를 반기지 않는 나 같은 사람도 있다.

"낯선 사람은 절대 따라가면 안 돼!"

아이들은 성장기 내내 부모나 교사로부터 이런 말을 귀에 딱지가 앉을 정도로 들으면서 자란다. 나 역시 그랬다. 내가 모르는 사람들 앞에서 낯을 가리는 이유는 낯선 사람은 수상한 사람 또는 위험한 사람이라는 선입견이 굳어져서 그런 것은 아닐까?

회사에 다닐 때는 일과 가사, 육아를 병행하느라 새로운 사람들을 만날 기회를 거의 갖지 못했다. 사교적인 활동을 하려면 그만큼 에너지도 필요한데 그럴 만한 상황도 아니었다. 모처럼 친구들과 만나도 편하지는 않았다. 당시 모두 전업주부이고 직장 생활을 하는 사람은 나뿐이어서 나 혼자 대화가 겉돌았고, 가끔은 사회생활 해본 사람의 잘난 체라고 오해를 받기도 했다. 그러다 보니 동창 모임에도 좀처럼 나가지 않게 되었고, 나도 모르게 비사교적인 사람이 되어갔다.

은퇴 후 혼자인 시간이 늘어나니 갑자기 사람이 그리워졌다. 여기저기 교육 프로그램을 찾아 다녀보니 수강생들이 대체로 전업주부였다. 나는 그런 모임에 가면 금세 주눅이 들어 말수가 줄었고 마치 투명 인간처럼 있곤 했다.

구청이나 민간 교육 센터에서 제공하는 춤이나 노래, 미술 등의 교육 프로그램에 등록했을 때, 수업을 함께 듣는 사람들은 대부분 가족들에게 해줄 요리를 더 맛있게 만드는 법 등을 소재로 이야기했다. 나는 아이들이 자랄 때 쿠키나 빵 같은 걸 구워준 적도 없으니 그들과 나눌 수 있는 화제가 거의 없었다. 대형 마트에 함께 가서 대량 포장된 식자재를 구매해서 나눈다거나, 제철 생선이나 과일, 채소 등에 대한 정보 교환은 나에게는 그다지 와닿지 않으니 수다에 동참하기도 어렵고 발 빼기도 어려워 항상 조용히 구석 자리를 맴돌아야 했다.

게다가 남들과 조금은 다른 내 이력을 알고 나면 사람들은 나를 어떤 타입의 사람일 거라고 선입견을 갖고 이야기했다. 정작 나 개인에 대해서는 그다지 관심이 없어 보였다. 그래서인지 낯선 사람을 더 기피하게 된 것 같다.

사실 나도 낯선 사람이라고 해서 무조건 거리를 두는 것은 아니다. 해외에 나갔을 때는 현지 사람들이나 다른 나라에서 여행 온 사람들과 어렵지 않게 친해지고 수다 떠는 것을 즐기기 때문이다. 대화의 소재가 그곳의 문화나 풍토, 여행의 이유와 즐거움 등 서로 통하는 것이 많아서인 것 같다.

낯선 곳 여행하는 걸 즐겨 하는 만큼 새로운 것 발견하기를 좋아하니 모르는 사람이라고 기피할 이유는 별로 없었다. 처음 만나는 사람과 뜻밖에 대화가 잘 통했을 때는 매우 뿌듯했다. 그런 일을 돌이켜 보다가 내가 정말로 비사교적인 사람인가를 깊이 생각해 보기도 했다.

뉴욕의 큰아들 집에 가면 엘리베이터에서 만난 이웃들과 금세 즐겁게 수다를 떨었는데, 서울의 내 아파트에서는 그런 경우가 별로 없었다. 먼저 인사를 건넸을 때 묵묵부답이거나 간혹 이상하게 보는 사람 때문에 언짢은 경험이 몇 번 되풀이되자, 어느덧 나도 엘리베이터에서는 눈을 내리깔고 조용히 내릴 때를 기다리게 되었다. 우리나라에서는 직장에서도 직위별로 조심해야 할 말들이 많고 이웃 간에는 말 한마디로 오해를 살 수 있으니, 낯선 사람과는 아예 말을 트지 않는 것이 안전하다고 생각하는 것 아닐까?

대외 활동을 대부분 정리하고 나자 의도하지 않았는데도 한동안 은둔생활을 하게 됐다. 나는 아주 친한 사람 몇 명만 간간이 만나는 단조로운 생활에 점점 지쳐갔다. 아무리 혼자 놀기를 잘해도 역시 사람 속에 있어야 에너지가 생기는 것 같았다. 결국 모임을 여기저기 알아보았다. 전부터 하고 싶었지만 시간적·경제적 사정 등으로 못 배운 그리기, 수영, 피아노, 댄스, 노래 등을 배우기 시작했더니 이번엔 물에 뜬 기름이 되기 일쑤였다.

그런 분위기가 버거워서 너무 끈끈한 유대감이나 위계가 상대적으로 덜 요구될 것 같은, 비교적 서구 문화에 익숙할 듯한 영어 스피킹 모임에 가입했다. 뉴욕에 사는 손녀와 의사소통을 하기 위해서도 영어는 필요했다. 아들 부부는 둘 다 회사에 다녀서 손녀에게 한국어를 가르칠 시간을 잘 내지 못한다고 했다. 머지않아 내 영어 실력으로는 손녀와의 대화가 어려울 것 같아 용기를 냈다.

모임에 참가하는 사람들은 대개 30대였고, 40~50대도 간혹 있었다. 나와의 나이 차는 컸지만 그래도 영어라는 관심사가 일치해 대화의 접점이 많은 편이었다. 우리는 점차 서로에게 적응했고 두어 달이 지나고 나서는 제법 많은 인생사도 주고받았다. 대화가 막히는 것은 세대차보다 문화 차이가 아닐까 하는 생각이 들었다.

낯선 사람 사귀기에 익숙해지자 다음에는 독서 모임에 가입했다. 영화를 보고 그와 관련된 책을 읽은 다음, 모여서 토론하는 형식이었다. 가입하고 보니 회원이 모두 30대였다. 처음에는 나도 어색했고 회원들도 당황한 눈치였다. 나를 동료로 대해도 되는지, 그저 어른으로 대해야 할지 헷갈리는 분위기가 역력했다. 나는 최대한 나를 내세우지 않고 조용히 그들의 생각을 들어보는 쪽을 택했다. 신선한 의견도 많았는데, 같은 텍스트라도 다르게 볼 수 있다는 경험이 매우 흥미로웠다.

만나는 사람의 범위를 의도적으로 넓힌 후에 든 생각은, 자주 만나는 사람들에게서 받는 편안한 느낌도 좋지만 낯선 사람들에게서 받는 새로운 느낌도 그 이상으로 많은 즐거움을 준다는 것이었다.

BBC 방송에서 이런 기사를 본 적 있다. 2013년, 심리학자인 영국 서식스대학교의 질리언 샌드스트롬과 브리티시컬럼비아대학교의 엘리자베스 던은 흥미로운 실험 결과를 내놓았다. 연구에서는 "사람들은 보통 낯선 사람과 관련된 것들에 대해 매우 비관적"일 것이라고 전제했으나 결과는 그 반대였던 것이다. 커피를 구매하면서 바리스타와 이야기를 나눈 사람은 그렇지 않은 사람보다 장소에 대한 소속감이 강했으며 편안한 기분을 느낀 것으로 나타났다.

또 하버드대학교 교수인 다니엘 앨런은 "낯선 사람과 이야기하는 것은 우리를 더 현명하게 해주고, 세상에 대한 감각을 유지시켜 주며, 공감력을 높여줄 수 있다"고 설명한다. 그는 "안락한 정원 바깥에 있는 것이 무엇인지 알면 두려움이 사라진다. 하지만 그런 지식은 낯선 이들과 이야기해야만 얻을 수 있다"고 조언했다.

낯선 사람에게 먼저 말 거는 게 불편한 이유는 내 말이 상대에게 어떠한 평가를 받으리라는 두려움 때문인 것 같다. 하지만 나는 이제 어디에서라도 필요한 상황일 때는 내가 먼저 말을 건네곤 한다. 엘리베이터에서 만난 사람에게 “안녕하세요!” 하거나 날이 춥거나 더울 때 “오늘 날씨 춥네요/덥네요”처럼 자연스럽게 말을 붙인다. 계속 하다 보면 반갑게 반응하는 사람이 점점 많아질 것이다. 물론 안 하는 사람이 더 많겠지만 개의치 않겠다고 생각을 바꾸자 조금씩 나 혼자만의 고립에서 벗어날 수 있겠다는 자신감이 생겼다.

사랑할 시간이 많지 않음을 기억할 것

어머니가 일찍 돌아가셔서 좋은 추억을 많이 남기지 못한 건 언제나 아쉽다. 어머니는 워낙 체력이 약하셨고, 내가 초등학생일 때도 두통으로 누워 계신 적이 많았다.

어머니는 나에게 자주 심부름을 시키셨는데, 그 일 중 대부분은 약국에 가서 가루로 된 두통약을 사 오라는 것이었다. 그 약이 진통 성분이 너무 강해서 내성이 생기기 쉬운 제품이라는 건 아주 오랜 뒤에야 알았다.

집에는 도우미 아주머니가 함께 살고 계셨는데, 어머니는 약 심부름까지 하게 할 수는 없다며 내가 하교할 때를 기다렸다가 약국에 다녀오라고 시키셨다.

어머니가 자주 병치레를 하셔서 집안 분위기는 대체로 우울했다. 아버지는 술을 몹시 좋아하셨고, 일과 후 친구들과 어울리느라 집안이 어떻게 돌아가는지는 관심이 없어 보였다.

우리 집은 가난한 나라 형편에 비해서는 경제사정이 괜찮았지만, 나는 허드렛일을 도우며 문간방에 세 들어 사는 영선이네를 부러워했다. 영선이네 아버지는 일주일에 서너 번씩 외출했고, 돌아올 때는 따끈따끈한 풀빵을 사 들고 와서 대문 앞에서부터 "얘들아, 얼른 와서 풀빵 먹어라" 하고 외쳤다. 아주머니는 언제나 씩씩하게 힘든 집안일도 수월하게 해치우며 항상 웃는 얼굴로 우리를 대했다. 맛있는 음식은 우리 집에 더 많았지만, 바꿀 수만 있다면 그 애 부모와 우리 부모를 바꾸고 싶을 때가 종종 있었다.

하지만 나이가 들수록 부족하게만 느껴졌던 부모님의 사랑에 대한 원망보다 그리움이 솟아나곤 했다. 특히 아버지와는 아름다운 추억이 둘이나 남아 있다. 하나는 목련나무를 심은 일이다. 목련꽃을 매우 좋아했던 아버지는 매년 꽤 자란 목련나무를 꽃 피기 직전에 사다가 정원 한가운데에 심으셨다. 특히 미련 없이 지는 모습이 보기 좋다며 목련의 낙화 감상을 좋아하셨다. 하지만 그 시절의 부잣집 도련님 출신답게 나무를 돌보고 가꾸는 데는 전혀 신경 쓰지 않아 목련은 매번 꽃만 피우고 죽었다. 그러면 다음 해에 다시 비슷한 크기에 비슷하게 꽃이 핀 새 목련나무를 사다가 심으셨다.

아버지는 집이 쫄딱 망할 때까지 그 일을 반복하셨다. 주변 사람들은 경제관념이 그 정도니 집이 망하지 않고 배기겠냐고 손가락질했다. 하지만 그 덕분에 지금의 나는 매년 목련꽃이 필 때부터 질 때까지 아버지를 추억할 수 있다. 아버지가 주무시다가 목련처럼 미련 없이 세상을 떠나셨듯이, 나도 그러고 싶다는 소망도 가지고 있다.

다른 하나는 아버지가 특별히 나에게만 만들어주신 추억이다. 중학교 졸업식 때였다. 지금과 달리 당시에는 2월에 생화를 구하는 게 어려웠다. 꽃을 너무나 좋아한 아버지는 앞날이 창창한 사람은 조화로 축하받는 게 아니라며 어렵게 구한 마거리트 꽃 한 다발을 들고 오셨다.

당시에는 온실이 거의 없었기에 겨울에 열린 졸업식에 생화를 가져온 사람은 우리 아버지밖에 없었던 것 같다. 생화라는 걸 증명이라도 하려는 것처럼 그중 몇 송이는 벌레 먹은 것이었다. 거의 모든 졸업생이 알록달록한 조화를 들고 행복해하는 가운데, 나는 작고 초라한 생화를 받고도 행복했다. 그때 그 일은 세상을 보는 기준이 되기도 했다.

얼마 지나지 않아 어머니는 아예 몸져누우셨다. 아버지는 뒤늦게나마 아내 잃을 것이 걱정되셨는지 치료에 좋다는 것이라면 무슨 약재든 구해왔고, 약은 정성으로 끓여야 한다며 다른

사람에게 맡기지 말고 장녀인 내가 하라고 시키셨다. 그런 와중에 어린 내가 온갖 약초와 함께 개의 머리를 삶은 적도 있었다. 그날 이후 며칠간 그 냄새가 내 몸에 남아 밥을 거의 먹을 수 없을 정도로 고통스러웠던 기억이 생생하다. 병간호가 얼마나 잔인하게 힘든지, 아주 고약한 추억으로 남아 있다. 아버지가 주신 벌레 먹은 마거리트 꽃이라도 없었다면 나는 고달프고 악착같은 일상 이외에 부모와의 추억 한 자락 남기지 못하고 삭막하게 살았을 것이다.

추억이 고귀한 것임은 사랑하는 사람들이 내 곁에서 떠난 후에야 알게 되는 것 같다. 아쉬운 것은 결혼 후에도 동생들의 보호자로서, 워킹 맘으로서 분주하게 사느라고 아버지에게 어떤 추억도 만들어드리지 못했다는 것이다.

평범하지는 않았지만 감성적이고 좋은 면도 많았던 아버지는 아내를 잃은 후 마냥 괴팍해지셨다. 가족들과의 거리도 점점 멀어지는 듯했다. 어릴 적 일본에서 공부한 경험이 있던 아버지가 돌아가시기 전 일본의 모교에 가보는 게 소원이라고 하셨는데, 우리 남매는 점차 아버지의 말씀을 귓등으로 듣고 말았다.

아버지가 돌아가신 후 왜 그 소원 한번 못 들어드렸을까 싶어 나는 오래 후회했다. 나 스스로 아버지와 아름다운 추억을 만들 기회를 날렸음을 통감했다.

19세기 프랑스 비평가 샤를 오귀스탱 생트뵈브는 “추억은 식물과 같다. 어느 쪽이나 싱싱할 때 심어두지 않으면 뿌리내리지 못한다”고 말했다. 가족과 좋은 추억을 만들 기회는 그리 많지 않다. 나중에 후회하지 말고 기회가 생길 때마다 꼭 잡기를 권한다. 아름다운 추억은 공들여서 만들고 가꾸어야 길이길이 남으므로.

완벽한 선택은 없다

'굳이 결혼을 했어야 했을까?'

신혼 초부터 약 10년 정도는 매일 이렇게 후회했던 것 같다. 내가 가정 형편이 썩 좋지 않은 집안의 장남과 결혼하겠다고 했을 때, 많은 사람들이 고생길이 훤하니 다시 생각해 보라며 말렸다. 당시만 해도 장남의 부모 부양 의무는 당연한 것이었다. 장녀도 비슷했다. 게다가 나는 여전히 어린 동생들을 돌봐야 할 무거운 짐을 안고 있었다. 결혼 후 닥칠 경제적 어려움과, 관계의 복잡함이 몰고 올 고통이 너무나 분명했다.

그러나 결혼 적령기를 놓친 사람은 인생의 낙오자로 보이는 게 그 당시의 사회 분위기였다. 적령기를 꽉 채운 나는 그런 선입견을 끝내 이겨내지 못하고 자의 반 타의 반으로 결혼을 선택했다. 늦은 결혼이니 출산을 서둘러야 한다는 주변 강요에 떠밀려 연년생으로 두 아들을 낳았다. 결혼과 동시에 각자의 회사 문제로 주말 부부가 되는 바람에 모든 살림을 각자 독립적으로 꾸려야 했다.

아이들이 갑자기 아파도 나는 남편의 도움을 받을 수 없었다. 극심한 추위로 수도관이 얼었을 때는 수리공이 올 때까지 혼자서 발을 동동 굴러야 했다. 어디 이뿐일까. 그야말로 싱글맘이 따로 없었다. 그럴 때마다 나는 결혼한 것 자체를 더 많이 후회했다.

두 아들이 재롱을 떨 만큼 자랐을 때 비로소 고달프고 힘겨운 나날을 견딜 수 있는 약간의 면역력이 생기기 시작했다. 그와 더불어 서서히 결혼을 후회하는 일이 줄어들었다. 아마도 나는 그 무렵부터 지나간 선택에 대한 후회가 무익하다는 것, 이미 선택했는데 포기할 생각이 아니라면 최대한 긍정적으로 수용하고, 수용할 수 없는 것이라면 아예 포기하고 다른 길을 찾는 것이 낫다는 생각을 했던 것 같다.

방송 프로그램의 게스트였던 대기업 부장 P와 우연히 사적인 이야기를 나누게 된 때였다. 그의 부모님은 아들이 대기업에 다녀야 성공한 것이라고 믿었단다. 그런 분위기 속에 열심히 공부했고 유명 대기업에 지원서를 냈다가 합격했는데, 그 사실을 알게 된 부모님이 너무 기뻐하셔서 그는 결국 입사를 선택했다. 그러나 지금까지도 자신에게 맞지 않아 매일이 힘들어도 여전히 전직 생각을 하지 못한다고 했다.

그날도 상사가 출장 가는 바람에 대타로 나오게 되었다면서 방송은 자기가 감당할 수 있는 분야가 아닌데도 늘 이런 식으로 떠밀려서 일하게 되는 것이 힘들다고 했다. 약속 시간보다 일찍 온 그는 어떻게 하면 방송에 잘 적응할 수 있는지 가르쳐 달라고 부탁했다.

덕분에 그와 많은 이야기를 나눌 수 있었다. 그는 타인의 지시대로 움직이는 것을 싫어하는 자유로운 사고를 가진 사람 같았다. 맡은 일을 열심히 해서, 본인은 좀 괴로울지라도 회사에서는 좋아할 것 같았다. 말을 잘하는 편은 아니었지만 방송을 망칠 정도도 아니었다.

그는 입사한 지 15년째인데도 여전히 맞지 않는 옷을 입고 사는 것 같아 불편하지만, 부모님 때문에 그만두지 못하는 자신이 한심하다고 말했다. 창업이 인기를 얻던 시점이어서 지금의 직장을 과감하게 그만두고 맞는 일을 찾았다면 경제적으로나 정신적으로 훨씬 더 잘살았을 것 같다고도 했다.

그 후 몇 년은 P를 까맣게 잊고 있다가 오랜만에 카페에서 우연히 다시 만났다. 그 사이 부모님은 모두 돌아가셨고, 그는 회사에 사표를 내고 카페를 차렸다고 했다. 맞지 않는 갑옷을 이제는 벗어버린 기분이라고 했다.

어떤 선택은 타의에 의해 이루어져 오래 후회를 남긴다. 자발적 선택도 결과를 미리 알 수 없으니 원치 않은 결과가 나오면 선택 자체가 후회스러울 수 있다. 그러나 어떤 선택도 원점으로 되돌릴 수 없다. 유지하거나 포기해야 결론이 난다.

과거를 반추할 수는 있지만 어느 누구도 이를 소환해서 고칠 수는 없다. 과거란 아름다운 추억이 되어 미래로 나가는 성장판으로 쓰일 때만 아름답다. 지나간 일들을 더 아름답게 포장하는 사람, 무작정 억울해하는 사람, 후회로 채우는 사람 등등 과거를 바라보는 시각은 다양한데, 과거에 사로잡힌 사람들은 대부분 고치지 못한 잘못이 머리를 맴돌아 괴로워한다. 과거 없이는 현재도 없으므로 당연한 일이다.

류시화 시인이 엮은 『지금 알고 있는 걸 그때도 알았더라면』이라는 잠언 시집이 유례가 없는 베스트셀러가 된 적이 있다. 과거가 얼마나 아쉬우면 이런 제목의 시가 화제에 올랐겠는가?

인생은 매 순간의 선택으로 이루어진다. 무엇을 먹을까, 무엇을 입을까, 언제 잠자리에 들까와 같은 기본적인 것부터 어떤 공부를 할까, 어떤 직업을 가질까, 어떤 이성과 만나는 게 좋을까 등등 삶의 방향을 좌우할 만한 중요한 것들에서도 매번 선택이 필요하다.

선택은 실행한 후에라야 옳았는지 아닌지 판가름 난다. 지금 알고 있는 것을 그때도 알았다면 불행한 결과를 가져오는 선택, 땅을 치고 후회할 선택 같은 것은 당연히 하지 않았을 것이다. 하지만 누구도 선택의 결과를 미리 알 수는 없다. 잘못된 결과를 가져온 수많은 선택을 시간을 되감아 다시 해볼 수 없다는 것이 안타까울 뿐이다.

남편이 대기업 임원인 C는 만날 때마다 결혼 생활이 얼마나 힘든지 길게 털어놓곤 했다. 딸 하나, 아들 둘을 두어 누가 보아도 다복한 가정의 주부이지만 그녀는 매일 마음이 잿빛에 젖어 산다고 말했다. 부모님의 반대에도 우겨서 결혼한 자신의 선택을 땅을 치며 후회한단다.

그녀는 결혼 전에는 매력적으로 보였던 남편의 태도들이 결혼 후에는 괴로움의 원인으로 변했다면서 괴로워했다. 그중에서도 타인을 전혀 배려하지 않는 듯한 말버릇이 가장 참기 어렵단다. 결혼 전에는 그런 남편의 말이 냉철하고 통쾌하게 들렸는데, 어느 순간부터 그 말들이 자신을 향하자 가시 회초리로 맞는 기분이라고 했다.

아이들도 꽤 컸으니 이혼을 고려하는 중이라고 했지만, 그녀는 10년이 넘도록 여전히 같은 후회를 반복하며 결혼 생활을 유지하고 있다. 현실적으로 이혼이 말처럼 쉽지 않아서일 수도 있고, 이혼이라는 선택이 가져올 후회가 두려워서 그런지도 모른다. 나는 매번 어느 쪽으로든 결정하고 마음 편히 살라고 조언했지만, 그녀는 어느 쪽도 결정하지 못하고 후회를 반복하며 살고 있다.

나도 그런 시절을 겪었기에 그녀의 후회를 충분히 이해할 수 있었다. 그러나 10년 넘게 후회를 반복하는 그녀를 볼 때마다 인생이 아깝다는 생각마저 들곤 했다. 그토록 후회되면 냉정하게 갈라서고 그렇지 않다면 남편의 고약한 말투를 타고난 캐릭터로 인정하며 그냥 마음 편하게 사는 것이 낫지 않겠느냐고 조언해 주고 싶지만, 남의 부부 일에 함부로 끼어들 수는 없으니 안타까울 뿐이다.

선택이 원치 않는 결과로 귀결되어 후회하는 사람도 있지만, 이리저리 계산만 하다가 선택할 타이밍을 놓쳐 후회하는 사람도 있다.

30대 후반의 M은 결혼을 하고 싶은데 마땅한 상대를 만나지 못해 본의 아니게 비혼주의자냐는 질문을 종종 받곤 한다.

"서른 무렵까지는 소개팅이 많이 들어왔어요. 지금 생각하면 꽤 괜찮은 상대도 몇 있었고요. 그때는 제가 너무 이것저것 많이 따졌던 것 같아요. 결혼도 적당한 타협이 필요하다는 것을 너무 늦게 깨달았죠. 그때 제가 선택하지 않은 사람들은 다들 결혼해서 잘 산다고 들었어요. 듣지 않으려고 해도 바람결에 소식이 들려오네요. 들을 때마다 자존감이 낮아지고 움츠리게 돼요."

그렇게 말하면서도 여전히 남자의 외모, 학벌, 성격 등을 깐깐하게 따지며 웬만한 소개팅에는 응하지 않는 눈치였다. 과거에 놓친 사람들에게 미련을 둘수록 새로운 상대를 만나는 게 더 어렵지 않을까?

나 역시 지나간 선택을 후회하며 스스로를 괴롭히던 때가 많았다. 결혼을 후회하고 꽤 긴 시간 동안 암흑기도 가졌다. 무엇보다도 잘못된 지난날을 반성하면 같은 실수를 반복하지 않으리라고 믿는 것이 나답다고 여기며 산 것이 후회된다. 과거에 매달리는 것이 오히려 나 자신을 괴롭힐 뿐임을 알면서도 그래왔다.

그러나 이제는 잘못된 선택에 대해 후회하느니 긍정적으로 수용하거나, 깨끗이 포기하고 다른 길을 찾는 것이 현명하다는 것을 알게 되었다. 직장 선택을 잘못해서 감당하기 어려운 고통을 받고 있다면, 당장의 혜택이 아깝더라도 결단력 있게 그만두고 즐겁게 할 수 있는 일을 찾으라고 말하고 싶다. "요즘 같은 세상에 재취업이 쉬운가요?"라고 반문할지도 모르겠다. 그러나 진정으로 싫다면 밑바닥부터 다시 시작해도 좋다는 각오를 해야 하지 않을까? 어렵긴 해도 재취업 길도 아예 막혀 있는 게 아닐 것이다.

도저히 참을 수 없는 결혼 생활이라면 과감히 갈라서라고 말하고 싶다. 수많은 싱글 대디와 싱글 맘이 아이들을 잘 기르고 자신들의 삶도 잘 꾸려가고 있듯이, 하려고만 들면 못할 것도 없다. 당장의 불편함을 극복하기 위해 동분서주하다 보면 비로소 자기 자리를 찾을 것이다.

잘못된 선택으로 괴로운 상황이라면 다시 한 번 돌이켜 보자. 몇몇 마음에 안 드는 점들을 포기하고 나머지를 모두 긍정적으로 받아들일지, 그렇게 하는 것이 불가능하다면 냉정하게 전부 포기하고 새 길을 모색할지 말이다. 어쨌든 중요한 것은 스스로 지금보다 더 나은 인생을 살아가는 것이기 때문이다.

옳은 이야기라고 밀어붙이지 않으려면

"내가 살아온 걸 글로 쓰면 책 한 권으로는 모자라……."

전쟁으로 잿더미가 된 아주 작은 나라, 세상에서 거의 존재감이 없던 나라를 세계인들이 주목하는 나라로 만든 사람들이라면 개개인의 삶이 얼마나 드라마틱했을지는 듣지 않아도 짐작이 간다. 누구나 가슴 뭉클하게 만들, 감동적인 사연들이 가득할 것이다.

견디기 어려운 역경을 이겨낸 경험담들이 얼마나 생생하겠는가? 그 아까운 이야기들을 후손에게 들려주어야만 당신들이 겪은 지독한 고생을 그들이 겪지 않을 것이라는 신념도 충분히 이해된다. 그러나 이전 세대가 겪은 드라마틱한 우여곡절을 전혀 모르는 다음 세대가 그 주옥같은 말씀들을 귀담아들을지는 알 수 없다.

대개 한 시대의 역사란 '역경을 이겨냈다'나 '기적을 이루었다'와 같은 한 줄 평으로 정리되고, 몇 개의 각론으로 통합되는 법이다. 개인의 경험담이 당사자의 생각처럼 타인에게도 감동적이기는 쉽지 않다. 게다가 아기자기하고 조리 있게 정리된 콘텐츠로나, 세계적인 석학의 검증된 언어로 얼마든지 정보를 접할 수 있는 시대다. "라떼는 말이야~"로 시작해 두서없이 반복적으로 늘어놓는 교훈적 이야기를 듣고 싶어 하는 사람은 매우 드물다.

최근에 몇몇 모임에 참석해 보았다. 새로 만나는 사람과 쉽게 친해지는 편이 아니라서 우선은 지인들 모임에 나갔다. 그런데 유명 인사들이 몇 명 속한 단체 대화방에서는 아침마다 한 때 '역사의 주역'이었던 어르신들의 주옥같은 말씀들이 소낙비처럼 쏟아졌다. 때로는 하루 종일 내리는 지루한 장마처럼 드문드문 그러나 쉼 없이 내렸다. 글뿐 아니라 그림까지 곁들여져 며칠만 지나면 폰의 메모리를 정리해야 할 정도였다.

기원이나 동네 정자에 끼리끼리 모여 담소하는 시대가 아니기에 그분들에게는 단체 대화방이 유일한 소일거리임을 모르는 바 아니다. 하지만 내가 옳다고 믿는 말이 듣는 사람에게는 폰의 메모리나 축내는 골칫거리가 될 수 있겠다 싶어서 경각심을 갖게 했다.

이를 계기로 유별난 나의 경험담으로 엄마로서, 한 업계 또는 인생 선배로서 자식 또는 후배들의 시행착오를 줄여주는 것이 나다운 일이라고 믿어온 지난날의 태도를 재점검할 필요를 느꼈다.

"요즘 애들은 참 유별난 것 같아. 임신 5개월인데 태교 여행을 간다더라고. 우리 때는 쉬는 것도 눈치 보여서 못했는데 말이지……."

모임에서 며느리의 임신 소식을 전하던 M이 한숨을 쉬며 말했다. M은 집안 사정이 좋지 않아 과외로 학비를 벌어서 대학교를 간신히 졸업했고, 역시 같은 방법으로 대학을 나온 남자를 만나 결혼했다. 악착같이 맞벌이를 해서 친정과 시댁을 일으켜 세웠으며 아들 하나, 딸 하나를 번듯하게 길러내 남들의 부러움을 샀다.

그런데 아들이 "임신 중에 잘 못하면 산모에게 우울증이 생길 수도 있대요"라고 말하며 기분 전환을 위해 해외로 태교 여행을 떠난다고 했다면서, 우리 때는 상상도 못 했던 일이라 기가 막히다며 하소연했다.

그 말을 듣고 나도 비슷한 생각을 하긴 했지만, "애들 그렇게 럭셔리하게 살게 하려고 우리가 고생한 거 아니었어?"라고 대꾸했다. 여기저기서 "그 말도 맞네" 하고 맞장구를 쳐서 그 화제는 더 이어지지 않았다.

그로부터 반년쯤 지나 우리집 둘째 며느리의 임신 소식을 들었다. 작은아들은 요즘 말로 '딸 같은 아들'이어서 꽤 살갑다. 어느 날 아들이 나에게 전화해서는, 일찍 결혼해서 이미 자녀가 유치원생이 된 지인이 기저귀 가는 게 제일 어렵다고 말했다기에 나도 모르게 "엄마는 종이 기저귀가 없던 때에 13개월 터울로 형과 너를 키웠어. 연년생 아기는 너무 힘들다면서 도우미 아주머니들이 도망치기 일쑤였단다. 강원도에서 근무할 때였는데, 너무 추운 데다가 집도 벽이 너무 얇아서 걸핏하면 수도관이 얼었어. 너 낳고 산후조리를 할 때도 수도관이 동파되었는데 도우미 아주머니도 못 나오겠다고 해서 엄마가 너희 기저귀를 동네 냇가로 들고 가서 얼음을 깨고 빨았어. 너희 둘 다 기저귀를 차던 때라 한두 시간만 지나면 다 쓴 기저귀가 산더미처럼 쌓였거든. 당장 빨아 널지 않으면 기저귀가 동날 것 같아서 동네 아줌마들이 얼음 깨며 빨래하던 게 생각나 들고 나간 거야. 산후조리 중이라서였는지 빨래 마치고 일어서려는데 허리가 안 펴지지 뭐니? 아무리 힘을 줘도 안 펴지더라고. 꼬부랑 할머니처럼 허리도 못 펴고 기저귀 통 챙겨 들고 집으로 왔어. 어떻게 해야 허리가 펴질지 물어볼 데도 없었어. 징징대는 거 딱 싫어하니까 씩씩하게 해결책을 찾아보았지. 방송하다 알게 된 한의사에게 전화하니까 허리가 뜨거울 정도로 지져야 한다고 하길래 그렇게 했더니 이틀쯤 지나니까 서서히 펴지더라……" 하고 숨도 거의 안 쉬면서 한달음에 내 경험담을 늘어놓았다.

조용히 듣고 있던 아들이 "어머니, 훈화 말씀 잘 들었습니다"라길래 그냥 웃었다. "엄마, 너무 힘드셨겠네요" 하며 공감하고 장단을 맞추기는 쑥스러웠을 테니 그 외에 더 할 말은 없었을 것이다. 솔직히 아들의 덤덤한 반응에 섭섭했던 것이 사실이다. 그런데 얼마간의 시간이 흐른 후 나도 비슷한 일을 저지르고 말았다.

오랜만에 전화한 아들이 출산이 가까워져서 애지중지하던 차를 팔고 아기에게 안전한 SUV로 바꿨다고 말했다. 아기 방도 어느 정도 꾸몄다면서, 출산을 앞두고 자기 마음이 얼마나 심란한지를 내가 얼음 깨고 자기들 기저귀 빤 이야기 못지않게 길게 이야기했다. 그 순간 나는 "네가 아끼던 차를 팔아서 그럴 거야"라고 짧게 대답했다. 아들은 별다른 말 없이 전화를 끊었다.

그러고 얼마 지나지 않아 큰아들과 통화하게 되었다. 네 동생이 출산을 앞두고 우울한 모양이라고 하자 큰아들이 자기도 딸이 태어난 후 3개월째부터는 몇 달간 힘들었다고 했다. 공간도 시간도, 게다가 아내까지도 아기가 모두 차지해서 '이제 내 인생은 사라진 건가?' 싶어 많이 우울했다고 고백했다. "엄마,

남편도 산후우울증 겪어요. 오래 앓는 사람도 많고요. 남자라서 하소연도 못 하니까 더 힘들어요."

그러고 보니 큰아들이 예전에 집들이 파티를 하고 나서 했던 말이 떠올랐다. 큰아들은 신혼 때부터 7년간 맨해튼의 작은 아파트에서 살았고, 이후 화장실이 두 개 있는 집으로 이사하면서 건축가답게 집을 멋지게 고쳤다.

"이웃집 남자들은 집 잘 고친 것보다 화장실 두 개 있는 것을 더 부러워했어요. 요즘은 집에 남자들의 공간이 화장실밖에 없거든요. 거실과 주방은 공용, 안방은 아내용, 그리고 아이 방은 아이용이잖아요. 혼자만의 공간이 필요한 남자들은 화장실로 가야 해요. 그런데 화장실이 하나면 다른 가족들이 빨리 나오라고 독촉해요. 두 개인 건 매우 부러운 일이죠."

버지니아 울프는 『자기만의 방』에서 여자들은 책을 쓸 수 있는 재능이 있어도 500파운드의 연봉과 자기만의 방이 없어서 못 한다고 썼다. 약 100년 만에 남녀의 역학 관계가 역전된 것일까?

이제는 더 이상 남녀가 서로 자신만 억울하다고 주장할 때가 아니다. 터놓고 말하며 상대의 애로 사항에 대해 커뮤니케이션하는 시대가 되었다. 그런데 가부장 시대의 피해의식이 내 머릿속에 여전히 박혀 있다는 걸 큰아들의 이야기를 듣고서야 깨달았다. 작은아들이 내가 고생한 이야기에 공감해 주지 않은 것을 섭섭해하던 나 역시도 남자가 산후우울증을 겪는다는 말에 공감할 생각조차 못 했구나 싶었다. 작은아들에게 위로의 말 한마디도 제대로 하지 못한 것이 많이 미안했다.

나에게는 죽을 때까지 잊히지 않을 가슴 아픈 사연이지만, 아들은 살아온 시대적 배경도 너무 다르고 출산에 대한 공포가 없는 데다 나처럼 어머니를 일찍 잃은 것도 아니니 내 설명이 뭐 그렇게까지 가슴에 와닿았겠는가. 그제야 아들 입장이 충분히 이해가 되었다. 그리고 나 역시 남자도 자녀의 출산을 앞두면 자기 인생이 사라지는 것과 같은 두려움을 느끼며 우울해진다는 것을 전혀 헤아리지 못했음이 뼈아팠다.

앞으로는 나의 괴로움에 귀 기울여주지 않아도 섭섭해하지 않겠다고 마음먹었다. 또한, 상대의 이야기를 내 기준으로 해석하지 않고 그 감정을 헤아려본 후에 말해야겠다고 결심했다. 내가 옳다고 생각한 말도 어쩌면 틀릴 수 있음을 인정하고 무조건 밀어붙이지는 않으려다.

마지막까지 우아하게,
나를 가꾸며 살고 싶다

"몸치장이 목숨보다 중요해?"

타이타닉호에 탑승했던 벤저민 구겐하임의 비극적인 이야기를 들으며 누군가 한 말이다.

우리에게는 '구겐하임 미술관'으로 유명한, 미국의 유명 기업가 가문인 구겐하임가의 일원이었던 그는, 미국으로 이민 온 유대계 스위스인 마이어 구겐하임의 일곱 자녀 중 여섯 번째 자식이다. 마이어는 미국에서 철강 부호가 되었다. 뉴욕에서 태어난 벤저민은 아버지 사업에는 관심이 없었고 대신 미술품을 사 모으거나 예술가들과 교류하는 데 관심을 쏟았다. 매사에 호기심이 많아 거대 여객선인 타이타닉호가 운항을 시작하자 상송 가수와 시종들을 데리고 배에 올랐다.

그는 탈출해야 할 긴박한 순간에 생의 마지막 순간을 위해 슈트를 갈아입느라 골든타임을 놓치고 침몰하는 배와 함께 물에 잠겼다. 시신도 찾지 못했다. 그의 나이 46세 때였다.

어떤 이에겐 목숨보다 옷차림을 중요시한 대책 없는 인물처럼 다가오겠지만 나는 그런 그를 존경한다. 생애 마지막 날을 허술한 차림으로 맞고 싶지 않아서다. 나의 두 아들이 여전히 "우리 엄마는 엘레강스 하셔" 하며 추앙하기에 그 생각이 바뀌지 않도록 우아한 모습으로 세상을 떠나고 싶다. 그러려면 내 의지대로 마지막 의상을 고를 수 있어야 할 것이다.

나도 벤저민 구겐하임처럼 생의 마지막 순간에 가장 아름다운 옷으로 갖춰 입고 싶다. 태어날 때는 아무것도 모른 채니까 알몸이어도 부끄럽지 않았겠지만, 죽을 때는 적어도 몇십 년에 걸친 인생의 무게를 가지고 가니 가장 아름다운 옷을 입고 축제처럼 떠나고 싶다. 내가 고른 가장 멋진 옷으로 갈아입고 죽겠다는 내 소망은 마땅한 것이라고 생각한다.

아름다움을 추구하는 것은 인간 본능의 하나가 아닐까. 태곳적부터 미에 대한 탐닉은 끊이지 않았고, 그런 성향은 그리스 신화에도 자세히 기록되어 있다.

나는 그리스 신화를 좋아한다. 특히 트로이 전쟁을 촉발시킨

트로이 왕국의 파리스 왕자와 그가 납치한 유부녀 헬레네의 열정적인 사랑이 왜 잘 나가던 나라 트로이를 멸망시켰는지에 대한 이야기는 언제 읽어도 매혹적이다.

이 이야기를 잘 알지 못하는 이들을 위해 간략히 내용을 소개할 필요가 있겠다. 그리스에는 자신이 여신들 중에서 가장 예쁘다고 믿는 세 여신이 있었다. 제우스의 아내 헤라, '지혜의 여신' 아테나, 그리고 '미의 여신' 아프로디테가 그들이다. 사건은 '바다의 여신' 테티스와 펠레우스의 결혼식에서 시작되었다. 결혼식에 초대받지 못한 '분쟁의 여신' 에리스가 앙심을 품고 결혼식장에 나타나 황금 사과 한 개를 툭 던졌다. 사과에는 '가장 아름다운 여신에게'라는 문구가 적혀 있었고, 예상대로 세 여신은 서로 사과를 차지하려고 다투었다. 보다 못한 제우스가 중재에 나서서 신들 간의 갈등을 막아야 한다며 인간에게 심판을 맡기자고 제안했다.

트로이의 왕자 파리스는 유년기부터 성인이 되기 전까지 궁전 밖에서 유랑하지 않으면 왕국을 말아먹을 팔자를 타고났다는 신탁 때문에 산속에서 홀로 양을 치며 환궁을 기다리고 있었다. 산중을 오락가락하다가 우연히 이 잔치 마당에 나타난 파리스는 제우스의 명령으로 세 여신의 미를 심판해야 했다.

파리스는 세상의 모든 권력을 준다는 헤라, 세상의 모든 지혜를 준다는 아테나를 제치고 세상에서 가장 아름다운 여인을 아내로 맞게 해준다는 아프로디테에게 황금 사과를 주었다. 세상에서 가장 아름다운 여인은 스파르타의 왕 메넬라오스의 아내 헬레네였다.

아프로디테의 신통력으로 파리스와 헬레네는 깊은 사랑에 빠져 함께 야반도주했는데 메넬라오스의 복수를 하기 위해 그리스의 모든 도시국가가 합심해 트로이로 쳐들어갔다. 이것이 그 유명한 트로이 전쟁이다. 세상에서 가장 아름다운 여인을 아내로 맞은 파리스는 전쟁으로 자신은 물론 아버지의 왕국이 무너지고 가족들이 몰살당하게 했고, 이로써 서양 세계의 역사도 바뀌었다.

인간이 아름다움에 대해 갖는 미혹을 이보다 솔직하게 표현한 이야기는 없을 것이다. 신화가 세월이 흘러도 사랑받는 이유는 인간 군상의 본능과 욕망, 그리고 속성들이 복합적으로 잘 녹아 있어서일 것이다. 인간은 태초부터 미모에 쉽게 현혹되며 미인을 얻기 위해서라면 물불을 가리지 않는 존재임을 이 신화가 가감 없이 보여준다.

외모로 사람을 평가한다는 것은 불공정한 일이지만, 인간이 아름다운 것에 끌리는 존재임은 부인할 수 없는 사실이다. 아름다운 꽃과 산, 바다 그리고 건축물을 보러 고생해 가며 해외를 오가는 것만 봐도 알 수 있다. 남다른 외모에 끌리는 것 역시 솔직한 본능일 것이다.

재작년 초에 종이책으로 출간된 『세이노의 가르침』은 오랫동안 인터넷을 통해 사람들 사이에 공유된 부자 비법서로 유명하다. 책에는 '부자가 되려면 외모를 가꿔라'라는 항목이 있다. 모든 사람은 자기만의 아름다움을 타고난다. 자기만의 아름다움을 잘 가꾸면 누구나 탁월한 미모를 갖출 수 있다. 아름다움을 볼 줄 알고 사랑할 줄 알면 누구나 미인이 될 수 있는 것이다.

우리나라에서는 내면의 미를 중시하는 유교적 가치관이 오랫동안 전해 내려와 외모 가꾸는 것을 곱게 보지 않았다. '속 빈 강정'이란 말로 겉만 그럴듯하고 아무 실속이 없음을 공공연히 말했을 정도니 말이다.

나 역시도 다른 분야에 비해 외모가 중시되는 분야에 상당 기간 종사하고서도 일상생활에서는 왠지 눈치가 보여 덜 꾸미는 것을 나다움으로 여기며 살았다. 하지만 커뮤니케이션을 공부하면서 생각을 바꾸었다. 외모 가꾸기는 효과적인 커뮤니케이션과 밀접한 관계가 있기 때문이다.

우리는 첫 만남의 단 몇 초 안에 상대방을 호의적으로 대할지 말지 결정한다. 호의적으로 대해도 좋다는 판단이 서면 커뮤니케이션 역시 호의적으로 흐른다. 워렌 버핏 역시 "은행에 갈 때는 차려 입으라"고 했다. 차림이 초라하면 첫 인상이 좋을 수 없어 돈 빌리기가 어려울 수 있음을 지적한 것이다. 그는 비즈니스에서 격식과 태도가 얼마나 중요한지를 자주 강조하곤 한다. 어디 비즈니스에서만 그런가. 하다못해 백화점이나 미용실에 갈 때도 외모를 꾸미고 차려입고 가면 대우가 다른 게 현실이다.

실화를 바탕으로 한 미국 드라마 〈애나 만들기〉는 외모와 패션 센스가 타인을 설득하는 데 얼마나 크게 영향을 미치는지 잘 보여준다. 애나는 탁월하게 예쁜 건 아니지만 어릴 때부터 머리가 비상했고 패션과 외모 가꾸기에 뛰어났다. 그 특기를 살려 멋진 차림으로 사교계에 나타나 독일의 유명 상속녀로 위장하고 대형 사기를 친다. 잘 꾸민 외모와 패션 센스가 독일 유명 상속녀라는 이미지와 맞아떨어져 미국의 내로라하는 은행가와 기업가가 거의 다 속아 넘어간다.

내가 방송국에서 일하던 시절에도 방송 진행 능력 외에 시간을 쪼개어 이미지 등의 자기 관리에 힘쓴 선후배들이 대체로 중요 프로그램의 진행자로 발탁되곤 했다. 요즘에는 의상 코디를 잘하고 간단한 아이디어로도 헤어나 메이크업을 잘해 외모가 돋보이게 꾸미는 사람들도 많다. 따라서 자신을 돋보이게 하는 연출 방법은 스스로 찾아야 한다.

중요한 것은 때와 장소, 상황에 잘 맞추는 것이다. 파티에 가는데 슈트를 착용하거나 비즈니스 미팅에 나풀거리는 원피스를 입고 가는 것처럼 때와 장소에 맞지 않는 차림이라면 우월한 외모로도 아름답게 보일 수 없다.

요즘에는 각 분야의 재능과 식견을 갖춘 사람들이 블로그나 유튜브, 인스타그램 등을 통해 전문 지식들을 널리 공유하고 있어 마음만 먹으면 외모 가꾸는 방법을 찾기가 매우 쉽다.

어느 날, 검색하다가 캐나다 몬트리올의 미생물학자 그레이스 가넴을 발견했다. 키가 작은 중년 여성으로 외모는 평범하지만 개성이 아름답게 묻어나는 세련된 착장으로 자신을 잘 가꾼 모습이 인상 깊었다. 또, 미국 폴햄대학의 사회복지학과 교수 린 슬레이트 역시 본받을 만했다. 60대에 운동으로 몸을 다지고 멋진 코디네이션을 적용해 진짜 아름다운 여인으로 추앙받고 있었다. 우연히 뉴욕 패션위크 장소에 있던 그녀가 모델인 줄 안 사진작가가 소셜 미디어에 사진을 업로드한 덕분에 진짜 패션모델로 데뷔하기도 했다.

덕분에 나 역시 이제는 나이나 신체를 이유로 늘 하던 대로 그냥 평범하거나 남들과 똑같은 모습으로 살 필요가 없겠다는 확신을 얻었다. 지인들이 "웬일이야?" 하며 눈을 동그랗게 떠도 좋으니 나를 돋보이게 하는 패션과 스타일을 찾을 때까지 열심히 노력해 볼 생각이다.

외로움을 밀어내지 않겠다

『고독한 군중』은 1950년에 미국의 사회학자 데이비드 리스먼이 발표한 책으로, 많은 사람들에게 둘러싸여 살아도 마음을 주고받을 사람이 없다면 외로울 수밖에 없다는 '군중 속의 고독'이란 표현으로도 유명하다.

나는 어릴 적부터 속마음을 나눌 수 있는 사람이 주위에 거의 없었다. 초등학교에 입학해서는 병으로 자주 입원해 출석일수가 모자라 유급을 하고 재입학을 해야 했다. 아버지는 나를 "병원에서 다시 태어난 애나 마찬가지"라고 하셨다.

유급을 하다 보니 동급생들과 잘 어울릴 수 없었고, 사춘기 때는 어머니 병간호로 친구들과 어울릴 형편이 아니었다. 나는 이미 현실적인 문제로 고군분투하고 있었기에 순수한 꿈 이야기를 주고받는 친구들의 말상대가 되기도 어려웠다.

어머니는 마지막 순간에 내 손을 꼭 잡고 "똘똘한 네가 동생들 잘 돌봐서 집안을 지킬 것으로 믿는다"고 하셨다. 어린 소녀에 불과했음에도 '내가 흔들리면 이 사람들이 다 같이 흔들릴 것이다'라는 강박관념으로 '나는 씩씩해야 해. 내가 무너지면 우리 집이 무너져'란 말을 되새기며 살았다.

성인이 된 후에도 이런 상황은 비슷했다. 바쁜 회사 생활에 또래 친구를 만들 기회도 없었고, 두 아들과 떨어져 있어 학부모 친구조차 없었다. 동창들은 대부분 전업주부여서 나만 대화가 겉돌았다. 사회에서 만난 사람들은 내 직업에 선입견이 있어서 스스로 거리를 두거나 필요 이상으로 가까이하려는 경우가 많아 부담스러웠다. 하지만 그런 친구들조차 나이가 들수록 점점 줄어들었다.

어느새 사회적 관계를 줄여야 될 나이가 되었다. 적은 수의 사람과 깊이 있는 만남을 추구하는 편이라서 한 사람을 마음에 들이기도 어렵지만 내놓는 데는 더 긴 시간과 아픔이 필요해 새로운 관계 맺기는 바라지 않게 되었다.

집안을 지키라던 어머니의 유언이 어느 정도 실현된 후 내가 져온 무거운 책임을 내려놓을 때가 되자 외로움이 안개비에서 장대비로 변했다. 그래서일까. 새벽잠이 없어졌다. 요즘은 새벽 5시 반경에 눈을 떠 사춘기 시절에 어머니를 잃고 자주 들었던 스페인 음악가 사라사테의 바이올린 곡 〈지고이네르바이젠〉을 켠다. 전에는 바이올린의 떨림을 따라 흐느껴 울 수 있어서 이 곡을 참 많이 들었다. 지금은 담담하게 듣는다. 때로는 말러나 라흐마니노프, 또는 차이콥스키 등의 오케스트라 곡을 켜고 볼륨을 높인다.

가끔은 헨델의 오페라 〈리날도〉의 아리아인 〈울게 하소서〉를 영화 〈파리넬리〉 사운드 트랙으로 듣는다. 러시아 가요 〈백만 송이 장미〉를 우리말로 번안한 심수봉의 노래를 듣기도 한다. 사랑하는 연인을 위해 전 재산을 털어 백만 송이 꽃을 사고, 이미 떠나간 그녀에 대한 원망조차 없이 꽃과 함께 추위와 굶주림으로 죽어간 조지아 화가 니코 피로스마니를 떠올린다.

내가 그의 사랑을 되새기는 것은 가장 빛나는 청춘시절에 갑자기 풀썩 무너진 가정을 복구해야 한다는 엄청난 과제를 받아 연애 감정에 젖어볼 기회를 못 가져봐서인 것 같다. 메마른 내 가슴으로는 그런 사랑이 놀랍고 뭉클하기만 하다.

나에게는 오래 살고 싶다는 꿈 같은 건 없다. 어머니는 44세에, 아버지는 64세에 세상을 떠나셨다. 독설가인 아버지가 나를 만난다면 "이놈아, 여태 살아 있어?" 하고 호통치실 수 있을 만큼 충분히 살았다.

단지 자식들의 짐이 되지 않기 위해 열심히 운동하고 식사를 조절한다. 아침으로는 야채주스와 삶은 계란을 준비한다. 누군가의 건강을 위해 나를 희생할 필요가 없는 매우 이기적인 조식 준비다.

남편과의 결별은 오랫동안 사람들에게 알려지지 않았다. 묻지 않는데 굳이 이야기할 필요를 느끼지도 못했다. 가까운 지인들이 궁금해할 때만 있는 그대로 설명했다. 우리 세대는 이혼이라는 단어에 쉬쉬해야만 했다. 사회 분위기를 무시할 수 없기에, 한편으로는 어렵게 길러낸 두 아들에게 이혼녀의 아들이라는 라벨이 달리는 걸 원치 않았는지도 모른다. 사실은 아이들 뒷바라지가 한창이던 때에 있던 일이라 밤낮없이 책 쓰고 강연하고 비즈니스도 해야 해서 그런 것을 깊이 생각할 겨를이 없었던 것이다. 당연히 외로울 시간도 없었다.

아들들도 이제 자식을 가졌으니 지금이라도 나에게 솔직해져야만 조금이라도 덜 외로울 것 같다는 생각이 들었다. 아직까지도 "부군께서는 안녕하시지요?"라고 묻는 옛 지인들에게 설명을 안 하는 것도 불편한 일이다. 그래서 나를 아는 모두에게 가감 없이 설명하기로 했다. 내 선택을 나부터 존중하겠다는 의미이기도 했다.

지인 P는 외환 위기 시절에 남편의 사업이 망하는 걸 경험했다. 이후 가계를 도맡아야 했고, 20년이 지난 지금도 직장에 다

닌다. 게다가 결혼한 자녀의 손자도 돌본다. 주말마저 자기 시간이 거의 없다. 그녀의 남편은 입이 짧아서 음식에 까다롭고 외식도 싫어한다. 요리를 잘하는 그녀는 직장 생활 틈틈이 남편을 위한 요리에도 심혈을 기울인다고 했다. 이런 모든 일들이 자신을 너무 지치게 만든다고 하소연하던 그녀는 자주 "혼자 사는 여자가 격하게 부럽다"고 했다. 그러면서도 남편과 교외로 드라이브 다녀왔다거나 남편이 자신을 위해 무언가를 해줬다는 이야기도 빼놓지 않는다.

그녀의 경우처럼 가끔은 위로가 되어주니 남편을 위해 가사노동을 하는 것과, 아무 부담 없이 간혹 지독하게 쓸쓸한 것 중에서 뭐가 더 나은지는 잘 모르겠다. 나는 외로움을 불평하는 대신, 외로움과 화해하는 방법을 찾아보았다. 라인 댄스, 그림 그리기, 악기 배우기, 수영 등 이런저런 취미에 흥미를 붙여보았고, 틈날 때마다 여행을 다녔다.

억지로 분주해진다고 해서 외로움이 밀려오기를 망설이는 것 같지는 않다. 사람들과의 진정한 교류가 없는 순간, 외로움은 연기처럼 소리 없이 다가와 금세 나를 감싸곤 한다. 외로움에게 떠밀려 나를 잃기 전에 더 적극적으로 방법을 찾아보기로 했다.

젊었을 때 푹 빠져 있었던 독일 철학자 쇼펜하우어의 말이 어렴풋이 떠올랐다. "인간의 행복은 얼마나 홀로 잘 견딜 수 있는가에 달려 있다." 그는 "고독을 사랑하는 습관을 들이고 타인이 아닌 자기 자신을 친구로 생각하라"고 조언했다. 타인과 적당히 거리를 두고 나를 객관적으로 바라볼 때 오히려 차분해지고 창의적인 생각도 난다는 것이다.

누구나 알다시피, 인생은 하나를 얻으면 하나를 잃게 되어 있다. 함께하는 삶은 덜 외로운 대신 시공간의 자유를 많이 양보해야 한다. 홀로 살면 가끔 외롭지만 대부분의 시간이 자유롭다. 같이 살면 누군가를 돌봐야 한다는 사실에 지칠 수 있다. 혼자라면 끼니마다 밥상 차려줄 걱정을 안 해도 되니 돌봄 노동의 의무에서 해방된다.

커피를 끓이더라도 누군가의 취향을 묻고 답하면서 살 것이냐, 마음에 들지 않는 음악을 듣는 것도 감안할 수 있을 것이냐 등등 양보와 타협의 시간이 필요한 때가 많은 게 함께 사는 삶이다. 우아한 자세로 커피 향을 음미하며 내가 좋아하는 음악을 언제든지 들을 수 있는 삶과 매우 큰 차이가 있다.

같이 살기와 홀로 살기를 저울질해 보니 홀로 사는 것이 그리 많이 기우는 것 같지 않았다. 이제부터는 외로움을 억지로 밀어내려 하지 않고 혼자 산책하고 미술관에 가고 좋은 영화와 공연도 보기로 했다. 그래도 외로우면 그냥 외로운 대로 혼자 사는 즐거움에 집중하겠다.

현재 상황을 비극적으로 각색하지 않고 순수하게 받아들이는 것만으로도 그다지 실패한 인생은 아니라고 스스로를 위로해 본다. 아침 음악을 모차르트나 리스트로 바꿔 분위기를 밝고 화려하게 꾸며보련다. 쓸쓸함이 묻어나는 〈백만 송이 장미〉 대신 가볍고 신나는 케이팝도 가끔은 들어보겠다. 외로움과 화해하려면 새로움이라는 양념도 필요할 테니까.

나에게 주는 선물

건널목에 도착했을 때, 녹색 신호등이 5초 남았다고 알려주었다. 빨리 뛰면 충분히 건널 수 있을 만한 시간이었다. 불과 몇 달 전까지만 해도 전력으로 달려서 기어이 건너곤 했다. 1분 1초라도 아끼는 것이 '나다움'이라고 믿을 때였다. 중요한 목적 없이 나간 산책에서도, 심지어 2~3초 정도 남아 있을 때도 전력 질주를 당연시했다.

나이 들면 낙상하기 쉬우니 다음 신호까지 기다리라는 충고를 들은 후에도 습관처럼 그렇게 건널목을 건넜다. 나이 들었으니 조심하라는 충고는 병들어 고생해 본 다음에나 받아들이게 되는 것 같다. 인류 역사가 100만 년 정도 되었는데도 우리가 여전히 자신의 한계를 받아들이지 못하니 같은 잘못을 반복하는 것 아닐까?

이제까지의 나다움을 버리겠다고 생각하지 않았다면 지금도 무릎이 멀쩡하다고 우쭐대면서 여전히 전력 질주로 횡단보도를 건너고 있을 것이다. 예전의 습관적인 행동들도 많이 줄였다. 시간을 아끼는 것보다 안전을 지키는 것이 더 중요하다는 이성적 판단도 하게 되었다.

작정하고 해보니 남이 만들어준 나다움을 버리는 것은 그리 어렵지 않았다. 애초부터 내가 원한 것들이 아니었기 때문이기도 했다. 생각을 바꾼 후에야 무엇을 위해 다음 신호까지 못 기다렸는지 의아해졌다. '시간 없는데…….' '바빠 죽겠는데 다음 신호까지 기다린다고?' 참으로 오랫동안 이런 생각들이 나를 지배했는데도 말이다. 그렇게 짧은 시간에 전력 질주하다가 다리라도 삐끗해서 병원 신세를 지게 된다면, 그래서 며칠 또는 몇 주를 고생한다면, 다음 신호가 올 때까지 단 몇 분 기다리지 않은 게 무슨 의미가 있겠는가.

요즘에는 "열심히 살면 모든 일이 다 해결될 줄 알았는데 몸만 다 망가졌어. 이제 내 의지로 걷기도 힘들어"라고 호소하는 목소리를 종종 듣는다. 이전과 달라진 나로 살겠다고 마음먹고 보니 그 목소리들이 귀에 쏙쏙 박혔다. 그러는 동안 '열심히'보다 '영리하게'가 훨씬 중요하다는 깨달음도 얻었다. 무엇보다

나 자신을 객관화할 줄 알게 되었다. 자기 객관화는 자신의 한계를 인정하고 받아들이는 힘을 만들어주는 것 같다.

나 자신을 냉정하게 들여다볼 수 있게 된 후로 나도 모르게 마음에 쌓인 울분의 정체가 조금씩 드러나 서서히 스스로를 치유할 수 있었다. 예전에는 생계형 작가로 많은 책을 출간했는데, 책을 내지 않은 지 10년 만에 내가 경험한 것들을 마음의 부담 없이 그저 진솔하게 써내려간 편안한 책을 쓰게 되어 무엇보다 기뻤다. 어쩌면 내 생애 마지막 책이 될 수도 있는 이 책의 집필로 마음의 평화까지 얻었으니 이만하면 책을 쓴 보람을 실컷 즐겨도 좋겠다.

이 책을 쓰도록 격려해 준 두 아들과 며느리들, 여동생, 좋은 출판사를 소개해 주신《톱클래스》의 김민희 편집장 등 여러 지인들께 감사드린다. 책을 멋지게 엮어준 이혜진 주간을 비롯한 해냄출판사 편집 팀에도 감사드린다. 그리고 이 책을 통해 나처럼 마음의 평화를 얻게 될 독자 여러분들에게도 미리 감사의 마음을 전하고 싶다.

책 만들기 놀이에 푹 빠져서 어른이 되면 꼭 세계적인 작가가 되겠다며 할머니를 분발하게 만든 초등 1학년생 손녀 밀리와, 막 세상에 태어난 손자 엘동이가 언젠가 할머니와 작별하더라도 "우리 할머니는 대한민국의 작가였다"고 자부심을 가질 수 있는 책이 되길 희망한다.

나에게는 다정하게, 세상에는 단호하게

초판 1쇄 2025년 4월 28일

지은이 | 이정숙
펴낸이 | 송영석

주간 | 이혜진
편집장 | 박신애 **기획편집** | 최예은 · 이나연 · 조아혜
디자인 | 박윤정 · 유보람
마케팅 | 김유종 · 한승민
관리 | 송우석 · 전지연 · 채경민

펴낸곳 | (株)해냄출판사
등록번호 | 제10-229호
등록일자 | 1988년 5월 11일(설립일자 | 1983년 6월 24일)

04042 서울시 마포구 잔다리로 30 해냄빌딩 5 · 6층
대표전화 | 326-1600 **팩스** | 326-1624
홈페이지 | www.hainaim.com

ISBN 979-11-6714-113-2